文芸社セレクション

白い血溜り

秋吉 賢宏

文芸社

目次

一 …… 7
二 …… 25
三 …… 77
四 …… 133
五 …… 195
六 …… 291

白い血溜り

一

白銀の雲。

凍てついた肺に押され溢《あふ》れ出てきた息は、そんな形状をしていた。

鼻先を掠《かす》めた薄雲《うすぐも》はほんの少しの熱気を帯びていて、開いたばかりの電車のドアをくぐり抜けると、昨日から降り続ける雨に穿《うが》たれながら、昼間の割に澱《よど》む冷たい都会の空を高々と立ち昇っていった。

今その視界には何が映っているのだろう。

再開発で綺麗に整備された街並みか、高級マンションや有名企業ビルの壮大な建造物か、もしくはその隙間を埋める若者に人気のお店の数々か。それは既に都会の空のどこかへと消えてしまっていて、電車のドアをくぐる勇気のない僕はその行方を知らず、想像を巡らせることしかできない。だが緻密《ちみつ》な規律で以《もっ》て整えられたこの街の上空からの景色はさぞ華やかで美しいことだろう。

僕が生まれると同じくして始まったこの街の開発事業は、けれど湖の沖に揺蕩《たゆた》うさざ波のように静かにしみじみと街に拡がるので、二十三年経っても未だその波が辿《たど》り着いてない場所が幾らかあった。眼前にある駅もその内の一つである。

一面一線のプラットホームには、壁や待合室がなければ、屋根は掛かるも端まで届いていない。また補修跡や塗装の剝《は》げがよく目立ち、雨のために隠れてしまっているが、晴れや曇りの日には埃《ほこり》っぽい匂いがした。これら特徴に加え、再開発の進んだ街並みと、近くにあるモダンな新駅のために、この駅の相貌はより酷く見窄《みすぼ》らしく、惨めたらしく映り、まるで陸に打ち上げられた一頭の鯨の死骸《しがい》のように全身で以て頽《たい》廃《はい》的な香りを放っていた。

そんな雨曝《あまざら》しの死体が僕は好きだった。

屋根に下がる駅名標。そこに記された駅名は全く似通っていない。見える景色や漂う空気の鮮度、利用者の客層や格好もまるで違う。それなのにこの駅からは、暫《しばら》くと帰っていない故郷の香りがした。その頽廃の香りは燃え盛る郷愁と甘美な哀愁を暗い胸底の水面に鮮烈に映し、擦《す》り減る心を励ました。それ故にこの駅は数少ない心の拠り所であった。

けれどそれも春までのことである。

この駅は既に改修工事が決まっていた。

ホームには幾つかの陥没や畝《うね》りやひび割れがあり、それらはその粗さを以て人を躓《つまず》かせ、雨の日に限り溜めた水で人を転ばせた。たとえ利便性がよくても安全が確保されなければ世間はそれを厳しく非難する。実際に年に何人か怪我人を出しているらしく、老朽化による危険性について報道番組で有識者が言及しているのを何度か見かけたことがある。

そのために改良工事を知ったときも、近い内の喪失が容易に想像できていたために、何ら驚きは起きなかったものの、痺《しび》れる寂しさはどうしても拭えず胸奥に冷たく渡った。

何も悪いことをしていない。ただ愚直に任務に殉じてきただけだ。人に怪我を齎《もたら》したのもその結果であり、修繕すれば済む話である。それなのに雨や風に飽き足らず、どうして非難や暴言にも晒《さら》される必要があるのだろうか。無実ながら雪壁《せっぺき》のような白板に四方を囲まれ、その中で悪人のように秘かに処されるなど、あまりに不憫《ふびん》で救いがない。水溜まりに反射する光彩が雨に穿たれ風に靡《なび》かれ揺らぐ様は、とても美しいものだというのに……。

悶々《もんもん》としながらプラットホームに降り立つと、鋭い冷気と雨の織り成す騒音によって忽《たちま》ち感覚が窮屈になるうちに、電車のアナウンスが流れてきた。いつもの鮮明さを欠き、それは模糊《もこ》としていたが、僕の耳にはよく合った。しかし不全への怖れから寒さで痛む耳を手で覆い恢復《かいふく》を試みるも、まるで晴れる気配がない。耳の痛みはその深さから、身体のどこかもっと深い所にある大樹から四散し伸びた枝の先端に思われたが、痛みを聴き、元を辿ったところで、寒さが麻酔のように効いてどうもはっきりとしなかった。

それでも懸命に辿るうちに、駆動音とともに背後でドアが閉まった。振り返るとゴムが擦り減っているのか、隙間から光が薄く零《こぼ》れていた。その限定された光は、窓から差すものと同一ながら、雲の切れ間に覗く陽光に似た醒める神々しさと厳粛さがあった。

そこで得た温もりは既に肉体から離れ、ただ甘美であったという記憶だけが身に寄るばかりに、却って僕を苦しめた。戻れるなら戻りたい。意地の悪いドアに遮《さえぎ》られ、それが叶わないのは知っている。だがそれでも願わずにはいられなかった。

光は僕の思いを顧みることなく動き、それは次第に風雨を伴って速度を上げてゆくと、一帯の冷気が攪拌《かくはん》され凍える身に深く刺さった。あまりの寒さに僅かに残存していた官能が忽ちと離れてゆく喪失感に苛《さいな》まれる。それでも呼吸を止め、身体をいっぱいに強張らせ思慕《しぼ》する光を細まる瞳で追いかけたために、光の残滓《ざんし》が遠く彼方へ消える頃には視界が涙で酷く霞んでいた。視界の不良を疎い目を擦《こす》ると、手袋の毛羽《けば》が刺さり目が痛んだ。そうして明視し得たのはほんの僅かの間で、瞬きをするとまた視界の縁がぼんやりと霞がかった。

電車が去ったことで障壁が一枚失われ、そのためにがらんどうになったホームに風雨がより激しく吹き荒んだ。ただでさえ寒い一月中旬。その上悪天候とあって入念に防寒したつもりだったが、身体は頭上で喧《やかま》しく暴れる屋根のように震え、寒さに痛みが蘇る。

顔の防寒について思い巡らせ、フルフェイスに至るも、確かに風雨を防ぐに最適ながら、しかし被ったところを想像すると、その姿は宛《さなが》ら不審者であり、すぐさま脳裏から除外すると、首元に巻いた毛玉だらけのノルディック柄のマフラーに口許を埋めた。じめじめとした熱気が殻の中に溜まる。次第に凍る口許が解れ感覚が戻ってくると、濡れた毛羽をくすぐったく思い、どうにかして逃れようと首を頻《しき》りに動かしてみるが、その疎ましい感覚は僕を離れず、却って唇に絡みついてくる。

足搔くだけ酷くなる、と諦めて改札に向けて歩くうちに、ふと看板に映る自分の姿が目に入った。薄暗くてはっきりとしないが、口許まで覆われているその姿は結局不審者のようで、落胆から暫く足が止まっていると、いきなり後ろから肩を押された。

よろけながらも見やると、華奢《きゃしゃ》な男性が無言で通り過ぎていった。ホームにはまだ歩くに十分な幅があったが、邪魔に思ったのだろうか。けれどその割には僅かに見えた彼の瞳や表情や後ろ姿には憤りが息衝《いきづ》いていなかった。不健康に背中を曲げ口許をマフラーで隠し、垂れる頭の重心を用いて辿々《たどたど》しく歩いている。その姿はまさに看板に映る僕の姿とそっくりで、そして僕を通り越していく他の人もまた同じ様相と足取りで、みな一心不乱に同じ方向へと生気なく流れていくばかりに、どうもそこから現実の香りがせず、まるで亡者が救いを求めて彷徨《ほうこう》しているように見えた。

想像が逞《たくま》しく働くと、忽ち裡《うち》から何か悍《おぞま》ましいものが蠢《うごめ》く感覚があった。それは自己嫌悪とよく似ているように思えたが、そう表現するには些《いささ》か酩酊《めいてい》が足りなかった。

改めて看板に反射する自分の姿を見る。

そこには救いを求めるも何もせず佇《たたず》む愚かな亡者の姿が映り込んでいた。

改札を抜けて暫く歩くと、まるで獣道の末に渺々《びょうびょう》たる絢爛《けんらん》な湖を認めたかのように視界が一気に開けた。駅前ロータリーである。この街の主な交通手段が一挙に集《つど》うだけあってそれは贅沢《ぜいたく》に広く、周囲には巨大な商業施設を始めとする大小の建築物が並んでいた。

新駅と連結する商業施設の庇《ひさし》の下、足を止める。そこからは街の象徴である長方形に組まれた赤煉瓦《あかれんが》の時計台がよく見えた。自ら象徴と任じているのだろう。文字盤に浮かぶ二つの黒い針をタイのように正確にゼロに合わせ、ロータリーの中心で淑《しと》やかに佇んでいた。それは近未来を体現せんとするこの街に相応しい、実に見事な出で立ちであった。

この時計台を見るとき、決まって心は健《すこ》やかではなかった。それは赤黒く聳《そび》える自己顕示欲に嫌気が差したわけでも、形相が不快だったわけでもない。理性のない動物的な笑い声。キツツキのように脳を叩くハイヒールの忙しない靴音。店内から漏れる昂揚感《こうようかん》を煽《あお》る軽快な音楽。時計台を取り巻く多くの人や物の成すそれらの音が淫《みだ》らに混淆《こんこう》し絶えず迫るのが耳にも心にも合わなかったのだ。

だが時計台が一日で一際《ひときわ》活気のあるお昼時を指し示していながら、太陽でいう光といったおよそ都会に付随して当然といえる大衆の姿が見当たらず、人は疎《まば》らで、あの不快な淫靡《いんび》の音がまるでしなかった。街からはまた別の音がしていた。それは獣の唸《うな》り声のように重く烈《はげ》しく、そしてダイヤルの合わないラジオやアナログテレビの砂嵐のように、妙に人の心を乱し不気味にさせる音であった。

昨日まで陽気だった知り合いが、突如刃の煌《きら》めく斧を肩に担いで威嚇《いかく》してきたかのような、ただの恐怖とは違う、錯乱を催《もよお》す恐怖が充溢《じゅういつ》する街を前に、不安と末恐ろしさとが靴に染み入る雨水のように胸中に広がった。

やはり僕はこの燃え盛る夕焼け色の時計台を健やかな心持ちで見ることができなかった。却って酷くなったやもしれない。あの四面の文字盤がまるで望まぬ来訪者を監視するためにあるように思われ、その想像が排他的な殺伐とした場末感漂う街を占める獣の唸り声と冬の凍てついた息吹と賤《いや》しく混ざり合い、胸中に広がるものをより掻き立て増長させた。

今すぐ踵を返してこの場から離れ、あの廃頽《はいたい》的な駅に帰りたい。それが最善であると心が高鳴りを以て賛同する。だが十四時になったら野島《のじま》先生の下に資料を届けに行かねばならず、その強迫めいた社会人としての責任感が厳《おごそ》かで重みのある文鎮のように僕の靡く気持ちを留めた。

――社会人。その大人めいた響きが胸内でリフレインする。

未熟さ故に上司に暫《しば》し怒られながらも、こうして有給休暇ながら担当する先生の都合に合わせ、時間を削って来ていることを思えば、春と比べて随分社会人らしくなったものである。そうした成長への実感のために、やにわに緊張が解れてゆく。時計台を前にして心健やかになるのは初めてのことであった。

口許から零れる切れ切れの白銀の雲。その半透明な実体の奥、全く進む気配のない時計の針に目をやり、さてこれからどうしたものだろうか、と徒然《つれづれ》に思う。

予定はあと二時間も先のことである。昼食や移動の時間を加味しても潰しきれず、庇の一点から滴る水を数え刻々を踏んでみるもそれは速く、時に一本の水流になるために数えることもままならない。白く染まる息のように次々と良案が立ち昇ることも叶わず、それが灰色の街に溶け込むのを呆然と見送る。

どうしてこんなことになったかと言えば、それは予定よりも大幅に早く家を出たためであり、自らの落ち着きのなさ、辛抱のなさを今になって嘆くも、だがあれ以上家に居ては気が狂いかねない。いや、昨晩からの行動を想起してみれば、既に狂っていたか。

気が急くばかりに何にも手がつかず、徒《いたずら》に働く脳のために寝つくことさえ叶わず、獣のように頭を掻き毟《むし》ったり呻《うめ》いたりしては、延々とも思える長い冬の夜が明けるのをひたすらに堪え忍んだ。だがそれも辛抱が切れ、一睡もできぬまま目覚ましが鳴るより早くベッドから転げ落ちるようにして起きると、まだ冷たいシャワーを頭から勢いよく被った。時間があるときはいつも年季の入った愛用の椅子に腰掛け、ジャスミン茶を片手に暫し読書に耽《ふけ》るといった、憧憬《しょうけい》する大人の優雅なひと時を堪能するものの、今日に限ってはその時間の穏やかさが真綿で絞められているように酷く堪えがたく、何とか逸る気を抑えようと考えうる暇潰しを全て試みたが、結局何物も狂った僕を家に留まらすには至らなかった。

　街が静かで流れが少ないために、どうも不安になり、時間が過ぎる実感欲しさに腕時計を見る。光沢のある青い文字盤の上を白い秒針が回るのを眺めるうちに、初めこそ安らいだものの、暫く経つとその鈍さをじれったく思い、いよいよ辛抱ならず竜《りゅう》頭《ず》を大きく回した。すると針が勢いよく暴れ出し、手を止めると針もまた止まった。それは二時手前を指していた。ありえない。そう分かっていながらも、幾許《いくばく》か期待を込めて時計台を見る。

　――まぁそうだよね。

　思わず漏れた苦笑のうちに時刻を戻す。

　つい焦る気持ちから馬鹿なことをしてしまった。酷く滑稽《こっけい》で惨めであると自分でも思う。それでも早打つ鼓動が僕を狂わせ、込み上げる熱が僕から理性と知性を奪い、そしてまたしても竜頭を回させようとする。狂人だ。分かっている。でも仕方がないのだ。五年もの長い、それこそ竜頭を回し続ければ時計が壊れてしまうほどの歳月の間、僕は今日という日を強く待ち焦がれてきた。一日千秋。ならば僕はどれだけの秋を堪え忍んできたのだろうか。長かった。今まで生きたどの五年間よりも長かった。だからこそ青春の全てを捧げ待ち望んだ今日を前に気持ちは浮足立ち、落ち着きを払えずにいた。

仕事を前にすっかり今晩の約束事に傾斜《けいしゃ》する僕は、やはり社会人失格であった。

野島先生は傘寿《さんじゅ》に入りながらも未だ活気に満ち溢れており、非常に気さくな方ながらどこか不思議めいているところがあった。先生は劇作家として広くその名が知られ、その分野に疎い僕でさえも野島先生の名は学生時代から何度か耳にしたことがある。多くの方と出会う機会がありそうなものの、しかし先生は独身であった。結婚の経験もない。性格に難があるわけでも、男色家というわけでもないというのに、先生からは浮いた話を聞かなかった。どうも青春時代に何かあったらしいことは、インタビュー記事で幾度か答えていながら、詳細は秘匿《ひとく》にされていた。また変わった趣味もあり、書斎には砕けた石膏《せっこう》の欠片がアクリルケースに保管され、机からよく見える棚の中段に大事そうに置いてあった。

そうして野島先生のことをきれぎれに思いながら進んでいるうちに、すっかり辺りは住宅街に差し掛かり、時間を潰す場所もない。さて困った、と今来た道を引き返すか悩みながら、けれどあの街の喧騒《けんそう》から離れたい一心で進んできたことを思うと、戻ってでも嫌になってまたこの道に戻ってくることになる。僕には進むしかないが、進んだところで何もない。どうしたものか、と心は迷いながら、裾《すそ》が濡れてスーツが張りつく足だけはしかと真っ直ぐ進む。心と体は離れるばかりであった。

すっかり背中まで冷え、もはや賑わいを疎んじている場合じゃないと、いよいよ引き返そうとしたとき、小さな立て看板が目に留まった。そこには二階にカフェがあることを記しており、階段を上ってみれば扉の前に『ＯＰＥＮ』のプレートが掛かっていた。外から店内の様子が窺《うかが》えず、一瞬入るのを躊躇《ためら》ったが、もうあとにはないと、普段にはない投げやりにも似た勇気を絞り出して扉を押した。

扉を開けると金属の凛《りん》とした音が頭上から降り、客のいない仄《ほの》暗《ぐら》い店内に響き渡った。同じ冷たい音が胸奥にも鳴る。プレートが掛かっていたために時間外ではないはずだが、こうも客がいないとその自信も不安に揺れてしまう。予約が必要だったりするのだろうか。

「いらっしゃいませ」

道に迷う子供のようにおろおろとしていると、店内から声がした。見ると目鼻立ちのすっきりとした顔に口髭《くちひげ》を蓄えた男性が、カウンターでカップを拭きながらこちらを見ていた。二十は上だろうか。目が合うと、馨《かぐわ》しい渋みのある顔をくしゃりとさせ微笑んだ。

それがあまりにいい笑顔だったためについ挨拶《あいさつ》をしてしまい、言下に気づくと忽ち羞恥心《しゅうちしん》が胸を烈火の如《ごと》く巡り、その脈動の熱さに堪えられず、慌てて顔を逸《そ》らした。

だが立ち尽くしたままともいかず、注文は席とカウンターどちらで取るのだろうかと、戸惑いながらも、カウンターに向かった。

「……こちらが当店のメニューです」

渡された飴色《あめいろ》のヌメ革には、洒落《しゃれ》た装いの黒文字が記されていた。無造作に置かれた糸くずのようなその文字は何語だろうか。添えられたルビを見ても、それが何の商品かまるで見当もつかず、一頻り目を通してもそれは変わらなかった。店名と思しき『charmant』の文字にはルビさえない。結局このメニュー表を見て分かったのは、右端に並ぶ四桁を超える良心的とはほど遠い金額だけだった。

一番安い物を注文する。それでもチェーン店で見る金額の二倍以上はあった。

「お席にお持ちいたしますので、どうぞお掛けになってお待ちください」

そう言うと店員は、ゆっくりとした手つきで準備を始めた。

窓際のローテーブルの席に腰を据える。黒い革生地の一人掛けソファーは柔らかく、座るとお尻や腰が溺《おぼ》れていくようであった。

　色気あるサックスの音が響く。長閑《のどか》で淑やかに伴奏のピアノと掛け合い響くその音色は、アンティーク調に纏《まと》められた瀟洒《しょうしゃ》な店の雰囲気によく合った。ここの雰囲気においては、壁際に並ぶ硝子瓶《がらすびん》も弁《わきま》えを知った匠によって研磨された宝石のように慎ましくも鮮やかに輝き、店員の立てる物音や窓から聞こえる雨音でさえも大変優美に聞こえた。それはまさに憧憬する大人の上質な空間だった。

　稀《まれ》に付き合いでチェーン店を利用するくらいの、昔からカフェに馴染みのない僕がこうして一人で、それも店名も知らぬカフェにいることが酷く不思議でたまらない。けれど心がそわそわするわけでもなく、しっかりと落ち着けるのは店の雰囲気の良さのためだろう。

　窓の表面を滝のように流れていく雨の様を見つめる。雨音は遠く、天水で作られたカーテン越しから見る住宅街の灯りは、滲《にじ》みながらもじわりと霞を照らしていた。窓を境に見る景色は何もかもが不透明で、その全てが見事なまでに溶け合っている。まるで窓の先に別世界でもあるかのようだ。それはとても美しく、これに勝る美は俗界にはないのではないかとさえ思われた。

　窓の先の霞に向け手を伸ばす。だが触れたのは結露した冷たい窓で、そのひんやりとした感触と、雨が窓を打つ微弱な振動が手のひらに現実を知らせる。曖昧《あいまい》な世界には触れられぬという無情な宣告を……。窓や濡れた手の輪郭を超え、その先に触れたい。けれど生きている限り、幾ら肉を削いでも忽ち新しい輪郭が現れ、僕を俗界へと縛りつけてしまう。この生の枠を僕は超えられない。超えたところで行ける確証もない。それでもいつか窓の先に広がる極限の美の中に僕も溶け合うことができるだろうか——。

そんなことを思い耽っていると、すぐ近くから上品で淑やかな物音がした。見るとテーブルの上に綺麗な白磁のカップが行儀よく受け皿の上に座していた。

いつの間にか傍にいた店員は、ごゆっくりどうぞ、と一言告げると、そのままカウンターへ戻り、また黙々と洗い物を始めた。

眼前のカップを手に取る。白磁の陶器は仄かに温かく、指先を介して身体にじわりとその熱が伝わった。すっかり冷え切っていたせいだろう。カップを持つ指先が、霜焼けのようにじんじんと鈍く響いた。

疼痛《とうつう》に堪えながら、それを少しだけ啜《すす》る。

「——っ」

まるで火でも飲んだかのように、舌尖に激痛が走った。火は喉元を過ぎ胃に着くと、そこで大火となって胃を燃やした。その熱に凍てついた身体が火照《ほて》り、次第に感覚が戻る。

「にがっ」

調子を取り戻した味覚が、忽ち飲んだ液体に含有する苦味を暴いた。

あぁ、やっぱりこれコーヒーだったか……。

不快な苦さが口端に居着く。

久し振りに感じたこの苦味は、幾ら歳を重ねたところで好きになれそうにない。それでもいつかこの苦味にも慣れ、朝のコンビニやランチで好んで注文するようになるのだろうか。

揺蕩う湯気が怪しく鼻先を回る。湯気にもまた毒があり、それが一度鼻に侵入すると薄らいでいた不快な苦さを呼び起こした。カップを置き、不快さを絞り出すように息を吐く。

底が見えない真っ黒なコーヒーはまるで苦い顔を浮かべる僕を見て笑っているかのように、水面をほんのりと波打って揺らしていた。

もう、歩《あゆむ》はまだまだ子供なんだから――。

どこからともなくそんな声が聞こえてきた気がした。耳元で囁《ささや》かれたようにも遠くから言われたようにも聞こえるそれは、けれど空耳であると僕は知っている。空耳であるはずの言葉が、実体を持って耳に、脳に焼きつく。

あの頃の僕はいつも何かとそうやって揶揄《からか》われ、けれども何も返すことができず、ただおろおろと迷子のように狼狽《うろた》えることしかできなかった。

あれから五年――。

僕は未だ大人になりきれずにいる。

それでも、あの頃と比べて少しは大人になれただろうか。

五年前に交わした約束事に思いを馳せながら、また一口コーヒーを啜った。

二

汚れた空に溜まる陰鬱《いんうつ》な雫が落ちきってまだ間もない七月の初旬。

薄《うす》ら寒い梅雨が明けると、それまでの鬱憤《うっぷん》を晴らすかのように、気温が急上昇し、未だ初夏でありながら梅雨明けから連日のように真夏日を観測していた。一切の萌《きざ》しもなく夏が到来したために身体が順応しきれない人が多く、ニュースでは日々熱中症で運ばれた人数と、対策方法が報道されていた。そこではしっかりと水分を補給し、室内を涼しくするようにと、イラストで以《もっ》て日々注意喚起が行われていたが、教室のエアコンは電気代節約のためか稼動していなかった。今働かずして、いつ働く気なのだろう。全開の窓から入る風は乏しく、熱気が滞《とどこお》るばかりに酷く息苦しく、蒸し風呂にでも入っているのかと勘違いさせられる。

地歴公民の大島《おおしま》先生はこの暑苦しいなか、持参したペットボトルを空にさせ、巨体から汗を滴らせながら、それでも懸命に受験を意識した説明を先からしてくれているが、僕といえば暑さに堪えるのに必死で、先生の言葉がまるで頭に入ってこなかった。

教科書に涼しげに映る偉人が羨《うらや》ましい。僕はこの人を知っているが、彼は僕を知らない。もし自身の行いが後世に伝わると知っていたら、もう少し暗記し易く命名してくれただろうか。それともやはり涼しげに、暗記と熱気に苦しむ僕らを見てほくそ笑むのだろうか。

そんなことを思い耽《ふけ》っているうちに放課後のチャイムが鳴った。するとその音と張り合うように、静かだった教室が途端に騒がしくなった。歓声を思わせるそれは、生徒が一斉に帰り支度を始めた不躾《ぶしつけ》な音であった。

最後に、と大島先生が説明するも、誰も耳を傾ける様子がない。それよりもこのあとの予定の方が大事なのだろう。どの生徒も大島先生を無視して競うように机に広がる教科書や筆箱をゴソゴソと鞄《かばん》に入れている。隣で授業中一度も起きなかった野球部の矢野《やの》くんも坊主頭を掻きながら、開いてもいない教科書とノートを乱暴に机の中に放り込んだ。

今学期もあと二週間と少し。高校最後の夏休みを目の前にして、みんな浮足だっているように思えた。来週の期末テストのことを忘れているのだろうか。もしかしたら受験生であるという認識でさえ脳の隅にもないのかもしれない。それほどまでに緊張感も危機感の欠片も感じられない。期末テストを思うと鬱々《うつうつ》する僕にはその鈍感《どんかん》さが羨ましくあった。

長く座っていた疲労から、蛍光灯を鷲摑《わしづか》まんばかりに高々と背伸びをする。凝りが解放されていくのを背に感じていると、ふいに窓から生きのいい風が入り、煽《あお》られたカーテンが眼前で大きく舞った。久し振りの新鮮な空気の到来で充満していた熱気が霧散していく。

少し目にかかる前髪が右に流れ、ほんのり汗ばんだ額が露わになる。今日は蒸し暑い分、一段と吹き付ける風がひんやりとして心地いい。もっと遊びにきてくれれば、あの役立たずの白箱を見ても不快に思わずにすむのに。

ドアの開く音がしたので見ると、大島先生が教室から出るところであった。脇に抱えている教材は、子供の積み木遊びのように何のバランスも考慮されておらず、無造作に重ねられていた。逸早くエアコンの効いた職員室に戻りたいのだろう。ドアを閉めることも忘れ、大島先生は脱兎《だっと》の如《ごと》く教室から出て行った。矢野くんもまた大きなエナメルバッグを担ぐと、大島先生の後を追うように走ってドアの向こうへと姿を消した。

エアコンがただのプラスティック箱と化している現状、風当たりのいい窓際の席は人気で自由時間になるとよく人が集まった。いつも後席の関口さんの元に来る女生徒がこちらに来るのを見て、椅子を前に引いて隙間を作る。そこに誰かが入ると、その拍子にスカートの襞《ひだ》と思しきものが僕の背中を三度叩いた。

「ねー、今日はどこ行こっか」

「あたしケーキ食べに行きたーい」

「えー、また？　まじ絵美《えみ》太るよ？」

「太るとかレディーに言わないの」

「でも夏休みのこと考えるとさ――」

大声を出してははしゃぐ女生徒を始め、聞こえてくる声はどれも楽しそうに弾んでいた。後ろで話している誰かが僕の椅子を蹴った。しかしそれを謝罪する声は聞こえなかった。

彼女たちの目には、僕という存在は切れかかった電球のように希薄で視界に映らないのだろう。蹴ったことさえ気づかない。気づいたとしても気にも留めない。眩しいほどの笑顔が教室一面に咲き誇る中、窓際の一番前。僕のいる席だけ灯りが欠けていた。一見満月のようで、目を凝らして初めてそうでないことを知る。これもまた毎日恒例の光景だった。

教室で唯一静かな窓際の机の中から、一昨日に読み始めたばかりの文庫本を取り出す。変な体勢になっていたのか、端の数ページが少し外側に折れ曲がっていた。逆方向に折っても親指の腹で伸ばすように折り目を押しても、散髪した翌朝の寝癖のように頑固で、指の腹を押し返すとまたすぐに戻った。

帰ったら辞書でも載せればいいか、と諦めて備えつけの黄色い紐《ひも》の栞《しおり》を頼りに開く。手元の本は有名だったわけでも、書店で推されていたわけでもない。ただ真っ白な下地の上から、触れれば破れてしまいそうなほどに薄い青いパラフィン紙を浸透させたような、そんな透明感のある青い表紙に心惹《ひ》かれただけだ。だが読んでみれば日常的な内容に時折挟まる妙に調子外れた表現が面白く、純文学が好きで、難しい言葉に苦労しながらも一生懸命辞書を引いては、料亭のように多彩な表現に舌鼓を打ち、流暢《りゅうちょう》な文章で喉を潤していた中学生の頃には分からない娯楽としての楽しさがあった。

暫《しば》く読み進めるうちに、気づけば煩雑とする周囲の音は耳から隔たれ、耳を塞ぐと聞こえる血の巡る音のような、重く静かな音に意識が沈んでゆく。小説の世界が明々浮かぶ。古びたアパート、黴《かび》と埃《ほこり》の臭い、隣から漏れるテレビの賑やかな笑い声……。

そうして本の世界に埋没するうちにどれほど時間を跨《また》いだのか、ふと耳に寄る違和感に気づいて振り返れば、未だ衰退の兆しのない日が差し込む教室には、誰の姿もなかった。風景画のように一切の動きがなく、椅子の金具が照り返す陽の眩しさがなければ、眼前の光景を現実と認識できなかったことだろう。

人声の去った教室に蟬時雨《せみしぐれ》が充《み》ちる。これはヒグラシか。粗い吹き硝子《がらす》を擦《こす》り合わせたようなじりじりとした趣《おもむき》深い声が若い耳の内に反響する。それは妙に懐かしく、また心地いいものであった。日が更に傾き金色《こんじき》に教室が染まれば、もっと美しく艶やかに聞こえることだろう。そしたら今度こそ僕はその幻想めいた光景を目にして、現実と認識できなくなるに違いない。

逞《たくま》しい想像のために自然と頰が緩むのを感じるも、けれどもう行かなければ、と名残惜しさに胸を切なくさせながら、教室を過ぎる涼しい微風《そよかぜ》のうちに、端の折れ曲がった本をそっと閉じた。

すっかり静かな様子の一階廊下を、けれど怖々《こわごわ》と階段の壁際から覗いてみれば、薄暗い内にはやはり誰もいなかった。だが安堵《あんど》するにはまだ早く、今のうちにと廊下を早足で駆け、飛び込む勢いで連絡通路の扉を開けた。

本館と別館を繋ぐ連絡通路には、逃げ場のない熱気と、別館から漏れる薄いピアノの音が充ちていた。窓からは真っ青な空と本館、そして本館と瓜《うり》二つの別館が明るく見える。教室を出たときには目的の図書館の姿が別館の三階にあるのをはっきり認められたものの、今では窓の縁が辛うじて分かるだけで、重厚感のある木製の本棚が定規の目盛《めもり》のように等間隔に並ぶ様は、影に覆われた白い壁に阻まれ見ることができなかった。

この窓からの光景を見るたびに嫌になる。どうして一階にしか連絡通路がないのだろう。もし三階にもあれば、図書室まで三十秒と掛からず、また往来の多い一階が静まるのを待つ必要もなくなるというのに。

無駄に気が疲れるだけと知りながら、それでも遠回りさせられている現実を思うのを止められず、陰鬱な気持ちが沸き立つうちに別館の扉に行き当たった。持ち上げる手の重さを気怠《けだる》く思いながら扉を開けると、それまで薄っすらとぼやけていたピアノの音が、忽《たちま》ち燦然《さんぜん》たる花火のように弾け、まだ比べて涼しい風が別館から流れ、汗の兆しをみせる体を労わるように全身を包み込んだ。これにすっかり体も心もよくなると、旋律が咲き誇るのを耳に掛けながら階段を上がった。

階段は光が乏しかったが、四方から響く彩り豊かな音のために心象は明るく、また一段と上がるたびに白いタイルと黒い滑り止めのラバーが視界を過ぎていくので、まるで鍵盤の上を進んでいるようであった。そうした想像が段数を重ねるうちに拗《こじ》れていき、図々しくも一帯を占めるその音があたかも自らの伴奏によって齎《もたら》されているように思え、沸き立った昂揚感《こうようかん》から足が自然と速まった。

まるで立派な舞踏会に招かれて浮かれる田舎貴族の生娘のような軽い足取りで、踊るように次々と鍵盤を踏み鳴らすうちに、気づけば図書室の重厚な扉の前まで辿《たど》り着き、するとそれまでの興奮が朝を迎えた霜のようにすっと胸中の底へ溶け、途端に心音が眼前の扉を衝き破らんとばかりに高鳴った。これでは図書室に入れないと、額に滲《にじ》む汗を乱暴に拭い、細切れる息を強引に飲み込んで深呼吸をする。そうして身体が落ち着くのを待ってから、そっと扉を開けた。

蝶番《ちょうつがい》の軋《きし》む音が響く裡《うち》に現れた図書室には、受付の図書委員の女生徒二名を除いて他に人影は見えなかった。そこは音が貧しく、身の締まる厳粛な雰囲気のなか識別できるのは、空調の音と、葉脈のようにか細い女生徒らの歓談くらいであった。

最後に入り口付近に溜まる席に座る人を見たのはいつだったかと、さして答えに興味のないことを緩く思いながら書架の密林に潜り込むと、途端に優しく甘いバニラの香りが鼻腔《びこう》をくすぐった。辺りに充溢《じゅういつ》するその香りは、僕の背丈よりも高い本棚になる多種多様の書物から漂うもので、それを全て味わうには一生涯を費やしても足りないように思われた。それでも今まで世に上梓《じょうし》されてきた書物と比べれば、セロリの種ほどもないのだろう。

その想像から、鞄に潜む読みかけの本に神秘めいたものを感じているうちに、濃《のう》緑色《りょくいろ》の道が広がり、視界が明るくなった。密林に潜む部族の集落のように突如として現れたその場所には陽の光が窓から入り、神の慈愛を思わせる淡く半透明な光の粒子が書架の隙間からさらさらと揺れながら惜しみなく一帯に降り注いでいた。その神秘的なベールに包まれた陽だまりの中、一番奥の席でこちら向きに物静かに座る女性を見た。

綺麗——。

天の川のように艶やかに輝く、胸元の位置まで柔らかに流れる黒髪。俯《うつむ》いても分かる器量のいい顔立ちに差す薄桃色の花唇《かしん》。制服の半袖口《はんそでくち》から伸びる陶器のような白く瑞々《みずみず》しい腕に、すらりと細長く巧緻《こうち》な作りの指先。

それらの完全で静謐《せいひつ》な美が図書室の荘重《そうちょう》な雰囲気を置き去りにしていた。張り詰めた瑰麗《かいれい》さが肺を埋め、心臓に幾重にも絡みつく。吸い寄せられた視線は外すことを許されず、呑まれた思考は時間感覚をも失い、そうして残ったのは、ただこのまま生物的な美しさに魅入っていたいという本能だけだった。

「いつまでそこに立ってるの？」

凛《りん》とした声が静寂を裂く。

その声に叩かれるまで、どれほど茫然《ぼうぜん》としていただろうか。長いようにも、ほんの一瞬のようにも思える。だがその間に目にした情景ははっきりと脳裏に焼きついていた。

思わず抱いた不浄の気持ちが表れてないか心配で狼狽《うろた》えていると、それを無視と捉《とら》えたのか、彼女は面白くなさそうに顔を顰《しか》めた。

「……ねぇ歩《あゆむ》、聞いてる？」

「ご、ごめん好遥《こはる》。おはよう」

「おはよう。もう夕方だけどね」

彼女は表情を一変させ愛らしく笑うと、ほら早くおいで、と優しく手招いた。

未だ脳裏を焼く金と白の光を湛《たた》えた瑞々しい姿が、その仕草によって再び細部まで鮮やかに蘇り、またしても僕を惑わそうとするので、何か口走る前にと急いで彼女の正面の椅子に腰掛け、勉強道具を鞄から取り出す。

「準備できた？」

道具一式を机の上に無造作ながら並べると、彼女が首を僅かに傾げ、屈託なく笑った。

　その眩しさに顔が更に熱くなるのを感じる。手元に視線を逃がしながらぶっきら棒に、ただ傷つかないように少しだけほんのりと優しさを滲ませて言う。

「いつでもどうぞ」

　ふふっと彼女が笑う。

「それじゃ始めよっか、勉強会」

　何かおかしなことでも言っただろうか。

戸惑いながら今日もまた、春から続く幼馴染との放課後の勉強会が始まった。

　好遥との日々は夜空に浮かぶ星のように、ときに雲や藍に埋もれながらも未だその多くを鮮明に覚えている。そこには人伝《ひとづて》と写真による情報としての記憶もあれば、立体的な情景の浮かぶ生《せい》の記憶もある。だが殆《ほとん》どは記録と記憶の相互補完によって鮮やかに光彩を放っていた。

　記憶での彼女はいつだって無上の幸福の下で息しているかのように、いつも楽しそうに笑っていて、それが幻想や脚色された類でないことは、家のアルバムを開けばよく分かる。

公園で遊んで顔が土塗《まみ》れになっている写真。町民プールではしゃいでいる写真。湖の畔《ほとり》でテント張りを手伝っている写真。まるで小林《こばやし》家のアルバムと思い違うほどに多く写る彼女は、その傍《かたわ》らにいる僕と違い、どの写真も温かく優しい香りのする笑顔を浮かべていた。

思えば最後にアルバムを見たのはいつだろうか、と懐かしさに胸が膨らむうちに思う。昔は好遥とよく見ていたのに、もう何年と開いていない。今は受験勉強で忙しいが、終わったら好遥を誘ってみようか。二人で色褪《いろあ》せた思い出を染色する。それには塗り絵のような童心《どうしん》をくすぐる楽しさがあるように思えた。

一度関係が途切れたものの、修復した今、きっとこれからも続いていくのだろう。それこそ幼馴染で未だ仲のいい僕らの父親のように。そんな確信めいた予感を以てすれば、来春など今にすぐの話であった。

妄想と企みに思考を逃がすうちに、ふと好遥を見れば、彼女は桜の花弁のような唇にペンを当て、問題集を凝視していた。表情は少し険しく、何やら考えているようであった。

できることならば助けてあげたい。だがクラス分けの授業では常に優秀なクラスに属する好遥の聡明《そうめい》な頭を悩ませる問題を、カラスの目のようなあるのかも分からない僕の脳が解けるとは到底思えなかった。

そもそも彼女は誰かに私事《わたくしごと》を頼んだり相談したりするのだろうか。軽微なものこそあれ、相手に苦心を齎すほどのそれらを誰かに切り渡す姿を見たことがなく、見るのは決まって相談を受けているところであった。

彼女は人より才がありながら、不遜な態度を取らず、悪態を吐《つ》かず、常に他人に親切であったために、相談し易かったのだろう。その内容が当人から語られることはない。だがきっと下らないものもあったはずで、けれども彼女は嫌な顔をせず、可愛がっていた野良猫が路上で轢《ひ》かれて息絶えているのを目撃し涙していた翌日でさえ、泣いている子の背を優しく摩《さす》って慰めていた。

麗《うら》らかな春の日差しのように笑い、他者の懊悩《おうのう》に親身に寄り添う。およそ同じ人とは思えない彼女は、その性質のために昔から周囲に頼られ慕われていた。加えて透明感の強い端正な相貌から、男子からの人気もあった。

確かに悩む顔さえ他の女生徒よりも優れていると思う。しかし他の男のように彼女を劣情の目で見ることができなかった。長い歳月を掛けて築いた彼女との白い絆を、どうして色欲によって穢《けが》すことができようか。その彼女への冒瀆《ぼうとく》行為が僕には許せなかった。

それでも最近、ふと心が揺れるときがある。

もっとしっかりと自分を律さなければ——。

ペンを握る力が強くなる。濃くなった筆圧に耐えきれなくなったシャーペンの芯が乾いた音を立てて根元から折れる。その音になぜか、胸の辺りがちくりと痛んだ。

「どう？　順調に進んでる？」

視線をそのままに好遥が言った。

僕の手元の問題集は数列の応用問題のところから、もうずっと進んでいない。

「うーん、微妙」

「分かった。ちょっと待ってね」

曖昧《あいまい》な返事で誤魔化《ごまか》すも、彼女は事もなげに微弱な虚栄心を看破《かんぱ》すると、先まで険しい顔をしていたのが嘘かのように、ペンを走らせた。ノートに次々と生まれる文字はどれも僕には到底理解ができないものであった。

昔から変わらない。ずっと一緒に過ごしてきたはずの彼女は、いつだって僕の先を行く。勉強も運動も人としても。その姿は図書室に差し込む陽光よりも僕には眩しく映った。

暫くしてペンを止めると、すっかり表情を穏やかにさせた好遥がどの問題かと身を乗り出してきたので、見易いようにと問題集を半回転させ机の中央に配し、該当箇所を示す。

「この問題なんだけど……」

「うんっと……それは一昨日やった問題の応用ね。少し捻《ひね》ってあるけれど、結局計算は一緒よ。ノートにメモかな？　書いていたと思うからそれ見ながら一緒にやってみよっか」

その言葉にあまり気乗りしなかったものの、だが好遥の好意を無下にはできず、渋々ノートを問題集に重ねて置くと、きっと言われるであろう言葉を想像しながらそれを捲《まく》る。

「……まるで暗号ね」

「ごめん」

夥《おびただ》しい草書体のような文字が流れる裡に、彼女の言うメモを探して目を瞠《みは》る。好遥もより身を乗り出してノートを凝視していた。するとノートに添えた右手に、柔らかな髪が静かに零《こぼ》れ落ちた。仄《ほの》かな甘い香りが立つと、それは瞬く間に鼻腔にまで及んだ。

ごめん、と髪を掬って耳に掛ける彼女にすげなく返すと、ここにもないか、とまたページを捲る。その手は蟬の翅《はね》のように細かに弱々しく震えていた。

「あっ、あったよ。ほらここ」

何度か捲って半ば機械的に動き始めていた手を止め、彼女の細い指先を見る。そこには計算式やその補足が書かれていた。

「うん、ちゃんと書いてあるわね」

ほっとしたような彼女の言葉を受け、改めてそれをじっくり見る。確かに見覚えも書き覚えもある。だが見たところで何の閃《ひらめ》きも生まれず、ましてや肝心《かんじん》の基本の解き方さえ思いつかなかった。まずい、と焦りから思考が濁り、その息苦しさのあまり思わず呻《うめ》く。それが過ちであったと気づいたときには既に遅く、好遥は静かに僕を見て微笑んでいた。

「ねえ、歩」

「……はい」

「復習してないでしょ?」

鋭く放たれた一言に、息が詰まる。

「何かできない理由でもあったのかしら?」

その声には弁明を許す優しさがあった。だがそれが却って恐ろしく、どろりとした冷たい何かが喉を流れ言葉を搦め捕るばかりに、声が一切出せず、小さく首を横に振った。

「問題が解けないのはいいのよ。人間勉強してもすぐにできるものじゃないから。でも分からないことを復習せずに放っておいて、それを忘れてしまうのはどうなのかしら。それに約束したわよね、勉強ちゃんとするって」

——真摯《しんし》に勉強に取り組む。

勉強会をするにあたって交わした約束。それを忘れたわけでも、面倒に思ったわけでもない。現にそれは欠かさず行ってきた。だが一昨日から、十時を過ぎると頭が眠気から途端に朦朧《もうろう》とし、ろくに復習できずに眠ってしまうのだ。それを今言えば、または事前に相談すれば、好遥は怒らずアドバイスをくれたに違いない。だが眠いのは好遥も同じのはずで、だから口にするのを憚《はばか》られた。

ごめん、とようやく声を絞り出す。その声は自己嫌悪の冷たい風に吹かれ、アスファルトを擦る落葉《らくよう》の音に似ていた。

好遥は小さく嘆息《たんそく》すると、ふっと表情を綻《ほころ》ばせた。

「今度は絶対に忘れないように教えてあげるから、歩もしっかり聞いてよね。あと復習も必ずサボらずにすること。分かった？」

僕は可能な限りの速さで何度も頷く。

彼女は父親の教えから、約束を守ることに執着し、反故《ほご》にされることを何より嫌っていた。僕も度々聞かされてきたので、如何《いか》にその精神が小林家で大切にされてきたかは知っている。その上で踏みにじったのだ。彼女が怒るのも当然といえた。

だが彼女は許してくれた。いつもそうだ。彼女は行き過ぎるほどに優しい。その純真さが、太い糸となって罪悪感を胸に縫いつける。家に帰ったらこの思いを紙に書いて貼ろう。優し過ぎる彼女をもう裏切らないために。

改めて説明してくれた彼女は、乳児に食事を与えるように問題を小分けにして、ときにペンの具合を見ながら教えてくれた。

「分からないところある?」

一頻《ひとしき》り説明を終えると、好遥はそう言った。

ノートは昨日までと見比べ、事細かく綺麗に書き留めることができた。今ならこれが何を伝えようとしているのかがよく分かる。

「ううん、大丈夫。ありがとう」

「本当かな?　歩は嘘つきだからなぁ」

「それは本当にごめん……」

「冗談よ、冗談」

彼女はたおやかな肩を微風に靡《なび》く小枝のように、震わせて笑いを堪えていた。俯いて左手を口に当てているが、その隙間からひくひくと薄く吊り上がる口角が見える。

「……好遥の意地悪」

「ごめんね、ついからかいたくなって」

その声にはまだ震えが残っていた。

彼女は胸に手を当て呼吸を整えると、無邪気な笑顔を僕に向けた。

「今のお詫《わ》びにさっきのこと忘れてあげる」

好遥は時々意地悪でずるくなる。

僕をからかって惑わして、そして嬉しそうに笑うのだ。普段見せないそんな悪戯《いたずら》っ子な一面が僕は嫌いじゃなかった。むしろ他人には見せないことに僕は特別性を見出していた。だからそうやってからかわれるたびに、ほんの少し胸の奥がくすぐったくなる。そして同じくらい、ほんの少し胸の奥が痛くなる。

勉強会を終えて路肩に転がる蟬のように虚《うつ》ろな校舎を出ると既に日は見えず、真っ赤に焼けた空が頭上に広がっていた。赤黒い血の塊のような雲が不気味な魔の美しさを纏《まと》いながら、校門先から空の半分ほどを占める深い藍色の洞《うろ》を悠々《ゆうゆう》と流れる。夜の訪れは地面にも感じられた。巨大な校舎の影が僕らの背後から校門手前まで大きく伸び、両端にしまわれた堅牢《けんろう》な造りの鈍色《にびいろ》の柵《さく》や脇に生える葉桜が、幻想的で優美な炎を帯びていた。

校舎の影の上、好遥は僕の少し前を歩く。その足音は、歯切れよく清々しい。対して僕の足元からは、夜に濡れた砂利を引き摺《ず》るお粗末な音がした。惨めに思えて気を払う。すると彼女との距離がまた少し開いた。

「ねえ、少し寄り道していかない？」

校門を前に、彼女が軽快に振り返る。その顔は夕焼けを浴びて紅潮《こうちょう》し、瞳には森を前に興奮する虫取り少年のような秘匿《ひとく》しきれない活気が漲《みなぎ》っていた。彼女は金曜日の勉強会の帰り際になると、正午に飛び出る鳩時計のような勤勉さで天候構わず僕を道草に誘う。だがその表情はいつだって新鮮な岩清水のような瑞々しい無邪気さがあった。

勉強を思えば直帰するべきである。彼女もそれは分かっている。だからいつもどうするか訊《たず》ねてくるのだ。彼女の人柄上、断ったところで軋轢《あつれき》が生まれることはない。懸念することなどなく、一言ごめんと断ればいい。だが他人には言わぬ我が儘《まま》を、こと僕には明らかにしてくれる。それが嬉しくて、言われるたびたまらなく胸が一杯になる。

だから今日もいつものように答える。

「いいよ。今日はどこの道行こっか」

「そうね、前は途中の自販機を右に曲がったから、今日は真っ直ぐ進みましょ」

好遥は朗《ほが》らかな笑みを湛えた。くるっと上機嫌に前を向く。すると髪やスカートや後ろ手に持った鞄が、金色の光を零しながら魚の尾鰭《おひれ》のようにしとやかに靡いた。その姿に胸が空よりも激しく燃えるのを感じた。

彼女は毎週金曜日の寄り道を楽しみにしているように思えた。今も先を行く彼女の身体や髪が楽しそうに揺れる。その後ろ姿は春の始業式後に見たときとさほど変わらない。違うのは衣替えした制服と、時折好遥の香りに混ざって届く制汗剤の匂いくらいだろうか。

あの日の記憶はけざやかながら、どこか夢心地で空の白むような遠さがある。

今から少し付き合ってよ――。春の始業式後、暫くと経った玄関で彼女は僕にそう声を掛けた。中高生の頃の好遥は、いつからか放課後すぐに帰宅することで知れ渡り、それは稀《まれ》に誘いを受けるとあたかも悪評のように忽ち広く学校中で噂《うわさ》され孤独の耳にも届くほどであった。そんな真面目を体現する彼女からの誘いであり、また彼女の声が僕に向けられたのが五年振りとあって、驚きと緊張から返事に窮《きゅう》したのを覚えている。

あのとき彼女が五年の隔たりを越えて声を掛け、また戸惑う僕の鞄の紐を摑んで強引に隣街のカフェに連れて行ってくれたからこそ今がある。もしも好遥がいつものようにに帰宅しているか帰宅時間が少しでもずれていれば、また僕を誘う気にならず、また誘っても僕の様子から諦めていれば、僕らは五年振りに話すことも一緒に勉強会をすることもなく、中学のときからこれまでのように互いに干渉せず高校生活を終えていたことだろう。そして今まで通り、校舎でもこの夕焼けの下でも変わらず一人で過ごしていたことだろう。

都合がよすぎる小説は興醒《きょうざ》めしてしまう。だが現実に起きるとそれはたいそう心を熱くさせた。彼女の楽しそうな後ろ姿を見て、麗らかな春の風が胸を優しく貫いた。

夕日を背負って学校のある丘を下る。眼前の住宅街は朱色《しゅいろ》に燃え、そのキャンバスの表面を二つの細長い影だけが、ゆらゆらとまるで万華鏡《まんげきょう》のように統合と分裂を繰り返しながら、影模様を多彩に変化させ戯《たわむ》れていた。

「ねえ、歩は夏休み何か遊ぶ予定あるの？」

「んー、特にないかな」

「高校最後の夏休みだし、勉強に支障が出ない程度に出掛けたらいいのに」

「勉強あるし、やりたいこともないしなぁ」

「あら、それは勉強しますアピールかしら」

「べ、別にそんなつもりじゃ……。それより好遥の方はどうなの？」

「私は今度プールに行く約束をしたわ」

そのどこか誇らしげな声にほっとする。

思えば彼女は元より、放課後は直帰していたのだ。その時間を僕に割いたところで、彼女の交友関係にはなんら影響はない。無意識の自惚《うぬぼ》れた杞憂《きゆう》が露呈《ろてい》し、顔が熱くなる。

「そっか、相変わらず好遥は凄《すご》いなぁ」

慚愧《ざんき》に堪《た》えず、思わず憧憬《しょうけい》を口にすることで愚かにも道化《どうけ》してみせる。けれどそれは真実だった。交友関係に於《お》いても器用さをみせる彼女が羨ましかった。ずっと一緒に育ってきながら、僕らは何もかもが違う。昔先生が努力の大切さを説くのに見せた二本の異なる角度の斜線の間にある大きな隔たりが、不可視ながら僕らにもまたあるのを感じた。

「歩も来る?」

「んー、僕はいいや……」

道を曲がって細い路地に入る。そこは空の洞のように暗く静かな場所であった。

「そっか、残念。まぁまた日程決まったら言うね。勉強会の時間決めないといけないし」

「え? 夏休みも勉強会あるの?」

「当たり前じゃない。サボろうったってそうはいかないんだから」

無邪気に笑う唇の間から綺麗に並んだ小粒の白い歯が覗く。その笑みに僕は上手く笑って返すことができなかった。決して嫌だったわけではない。むしろ夏期講習だけでは不安だったので、とても心強かった。だがこれ以上彼女の青い葉を蝶《ちょう》になれない僕が食い潰してしまうことが、盗みと同義の悪行に思えてしまい、たまらなく恐ろしくなった。

好遥はもっと自分や大事な友達のために時間を使うべきなのだ。卒業してしまえばどんなに親しくとも自ずと距離が生じる。そのときになって後悔しないためにも、今存分に記憶や形として思い出を残してほしかった。だがその気持ちを述懐《じゅっかい》できるほど、僕の心は幼くもなければ大人でもなかった。

「夏期講習もあるし、あまり無理しなくていいからね？」

「別に無理なんかしてないわ。ただしたいからする。それだけよ」

蕾《つぼみ》が花開くように優しく柔らかく微笑んだ。そっと目線を足元に落とす。もうほんの一瞬でも見ることができなかった。早く影で埋まる路地を抜けて、薄紅色《うすべにいろ》の輪の中に飛び込みたい。その光を被れば全身はたちまち朱色に染まり、顔色も誤魔化せるというのに。

「でも夏期講習行くなら、毎日は無理ね。スケジュールはまた考えよっか」

「真面目だね、好遥は」

「参ったか」

「うん、参った参った」

本当に参った。彼女の願いと言われたら、もう何も言えない。いつもそうやって人の気を推し量って、狡賢《ずるがしこ》い優しさを以てどこまでも自然に、一片の異質さも醸さずに解決してしまう。その千尋《ちひろ》の海のような寛大さ故に、沢山苦労したに違いない。それでも彼女は境内《けいだい》に祀《まつ》られた御神木《ごしんぼく》のように不変の情愛を示し、訪れる厄災《やくさい》ごと受け入れる。それが彼女にあって僕にはない強さだった。

足元の小石を蹴飛《けと》ばす。僕らは自然と立ち止まり、まるで転がる賽《さい》でも見ているかのようにその石の行く末を見届ける。それは近くの電柱に当たると、側溝蓋《そっこうふた》の隙間に落ちて余韻《よいん》のように乾いた音を幾度となく鳴らした。

「そういえばさ」

神妙な声がした。その声色から、彼女が何を言わんとしているかが分かった。僕もまたそれを言うかずっと躊躇《ためら》っていたからである。

「その……一昨日の進路相談どうだった？」

僕は小石の落ちた先から目を離せなかった。彼女もまたじっと動く様子がない。うすうす察していたのだろう。聞きたいようで聞きたくない。彼女にしては珍しいはっきりとしない物言いに、そんな思いが込められている気がした。この場所が日陰でよかった。たとえ雰囲気が重くなっても影のせいにできる。

「まあまあ、かな」

「ほんと？」

徐《おもむろ》に好遥が僕を見る。僕もまた好遥を見る。彼女の瞳は力なく不安気であった。慰めの嘘なら幾らでも言える。だがそれらを幾重に羽織ったところで、彼女の慧眼《けいがん》を前にすれば滑稽《こっけい》さと哀愁さが立ちどころに悪く表れてしまう。僕は醜い裸の王様であった。そして逡巡《しゅんじゅん》しているこの沈黙こそがよもやの答えであった。

「何か言われたの？」

彼女が呟《つぶや》く。

僕は観念して素直に濁した言葉を濾《こ》す。

「まぁ大したことじゃないけど……」

「けど？」

「今の学力じゃ厳しいから、志望校変えた方がいいって」

「……そっか」

「学力が上がって、すごく褒めてくれたんだけど、それでも現実的じゃないって」

好遥は何も言わなかった。くたびれた案山子《かかし》のように項垂《うなだ》れてじっと立ち尽くしていた。スカートの襞をぎゅっと握り締める細い手が彼女の心境を僕に知らせてくれた。

彼女でも笑顔を失うときがある。それは大抵人のことで、ときに当事者よりも落ち込んでしまう。それでもいつもより落ち込んで見えるのは、きっと間違いではないのだろう。

一緒の大学に行けたらいいな――。

初めての勉強会の帰り道、それは朗らかな春風に乗って聞こえてきた。宛先のないただの独り言だったのだろう。だがそれは偶然にも僕の耳に届いた。途端、自身の内から制御しきれない莫大《ばくだい》なエネルギーが湧き起こり、その奔流《ほんりゅう》に導かれるがままに、恐ろしく短絡的に志望大学を決め、好遥に告げたのだ。

硬直して腑抜《ふぬ》けた彼女の顔をそのとき初めて見たやもしれない。そして硬直が解けたあとに見せた嬉しそうな顔は、今も強く脳裏に残っている。

それから一緒の大学に行くという、何よりも大切な約束の下、僕らはずっと一緒に頑張ってきた。だがその約束が現実的でないと否定されたのだ。彼女が聞いたら落ち込むのは想像がついた。だから伝えたくなかったのだ。先生の言葉はあまりに正確に現実を捉え、夢見がちな心には酷く堪えた。それでどこか気持ちが切れてしまったのだろう。思えば強烈な眠気に苛《さいな》まれるようになったのもその日からだった。

好遥もまた僕のように傷ついていることだろう。彼女はそんな人だ。どうでもいい人の傷ばかり背負う。だからこれ以上苦しまないように、醜くても気丈に胸を張って言う。

「でも志望校は変えるつもりはないよ。やっぱりその……好遥と同じ大学に行きたいし」

「……さっきは復習してなかったのに？」

「ごめんなさい」

「ちょっと、謝るの早いよ」

被せ気味に頭を下げると、くすっと笑い声が聞こえた。

「一緒の大学にいけるかな?」

顔を上げ燻《くすぶ》っていた思いを伝える。

彼女が僕に捧げた時間や期待が無駄になるかもしれない。彼女のいる場所は遠く、道程《どうてい》すら既にないのかもしれない。そう思うと消化できない重圧が蓄積して頭と心を鈍らせた。

「大丈夫よ。信じてやれることをやりましょ」

好遥がふっと微笑む。

「そうだね、もっと頑張るよ」

「……ありがとう」

その声はまるで夜に重なる影のように希薄でしみじみとしていた。だがそれも束《つか》の間のことで、すぐに調子を取り戻すと、

「まずは目の前の期末テスト。それが終わったら夏休みの勉強スケジュール立てましょ!」

朱色を失った空へ拳を力強く突き上げた。

その姿に僕もまた気が奮い立つ。自分のことは信じられなくても、彼女のことなら信じられる。全面の信頼を以て委《ゆだ》ねることができる。そんな彼女が言うのだ。今はやれることをやっていこう。そう胸に決めて聞くヒグラシの鳴き声は、さながらエールに聞こえ、それが暮れなずむ町に充溢するので、より気持ちは強まり決意が胸の中心に重く定まった。


入浴をすませ、まだ湿り気が残る髪を乱暴に掻き乱しながらベッドに腰掛ける。

昨日までと違い今日は頭が晴れやかだった。肌に吸いつく程度の冷水を浴びて身を引き締めたことも要因だろうが、その殆どは好遥が入れてくれた活のおかげだろう。心身共に輪郭がしっかりと定まっていて曖昧さがない。

たとえぼやけてもこぢんまりとした見慣れた部屋で一際《ひときわ》異彩を放つ一枚の用紙が、型抜きのように正しい形へと整えてくれることだろう。ドアにあるそれは、帰宅後すぐに貼ったものだ。紙には『合格』と書いてある。もう好遥との約束を反故にすまいと固く誓いながら書いたためか、所々留めの部分に大きなインク溜まりができていた。

水を被って身体を冷やしても、あの時間に得た痛みと熱さはそのままに熱い。

ふと胸に宿る情熱から何か新たな挑戦を試みたくなった。その知らぬ感覚にけれど戸惑いはなく、必ずやらねばならぬという情熱による意志が、渇いた喉を潤す湧き水のようにしみじみと心地よく胸に広がった。

　夕飯に膨れたお腹をさする。体質的に太りにくかったが、それでも最近腰回りに少し肉がついてきた気がする。運動は脳を活性化させるというし、期末試験が終わったらジョギングでも始めようか。彼女は日頃から僕の運動不足を不安視していたし、ちょうどいい。

　そう決意した矢先、スイカ切ったわよ、と覚悟に水を差す母の声がした。あまりに悪いタイミングに思わず頭を抱えたくなる。だがスイカはその殆どが水分のようなものであり、食べたところでそんなに太らなさそうなのは僥倖《ぎょうこう》か。一瞬の逡巡を経てから、今から行く、と軽い腰を上げて部屋を出た。


　一人心細く立っていると、運よく近くの席が空いたので素早くトレイを置く。すると席を狙って近寄って来ていた女子高生二人組から荒々しい舌打ちが聞こえた。彼女らは暫くの間凄《すさ》まじい剣幕で睨《にら》んできたが譲るわけにもいかず、腰を掛けると諦めて離れていった。

　店内での席取りは熾烈《しれつ》を極め、数組の獣が獲物を探して店内を徘徊《はいかい》していた。混凝土《コンクリート》で塗り固められた都会に生息しているからか校則の差からか、自校の女生徒よりも化粧が濃くはっきりとした顔立ちをしていて、より立派な獣へと錯覚させた。その都会の女子高生の悍《おぞ》ましさに背筋が震えるも、その怖れは関口《せきぐち》さんたちに抱くものに近しく、よもや女子高生自体が本質的に粗暴さを孕《はら》む凶悪な怪物のように感ぜられた。

人が街を作るが、街が人を作ることもまた往々としてあるのだろう。都会の齎す影響が毒か薬かは知らない。けれどその小学生には殆ど見られない悪性が、お洒落《しゃれ》を知り、化粧を知り、優劣をよく知り、そうした女性への目覚めとともに得た後天的なものとするならば、彼女らは都会に多く蔓延《まんえん》する果てない自由によって白無垢《しろむく》を穢された被害者といえ、するとやはり僕にはそれが毒であり、呪《のろ》い宛《さなが》ら不幸なものに思えた。

「あ、席取れたんだ。よかった」

薄青色のハンカチで手を拭いながら好遥が戻ってきた。

毒のない笑顔にささくれた心が安らぐ。彼女の素の純真さは理《ことわり》に属さず、都会にあっても唯一無二のものとして確立せしめていた。

「てっきり周りの子に遠慮して、まだ取れてないかと思ったわ」

「僕そんなに良い人じゃないよ。取ろうと思えば遠い席でも取れるし」

これは見栄だ。それは自分が一番よく分かっていて、けれど善人でいる気苦しさから視線を下げ少し不機嫌そうに口端を曲げてみせる。ちょっとした悪戯のつもりで、少しでも好遥が騙《だま》されてくれたらいいな程度の、いつも揶揄《からか》われている分の仕返しのつもりだった。だが好遥は、そうなんだ、と肘《ひじ》を突くと、組んだ手の上に小さな顎《あご》を乗せ、口端から含みのある笑みを零した。それは僕の求めた反応ではなく、寧《むし》ろ対極にあった。

揶揄いは失敗に終わったのだと悟った。その事実は僕を失望させるに足るものであった。

同種の着ぐるみを被って対等を装ったはずが、その実《じつ》肉食獣の前に易々《やすやす》と現れ献身する積極的な餌《え》であることを、彼女の垂涎《すいぜん》を見て知る。もう穏便に隠れることは叶わず、ただ閉口し、ひたすら彼女の気が変わるのを怯《おび》える気持ちでじっと待った。

彼女は僕が何の反応も取る気がないと悟ってか、たまらなく楽しそうに、その言葉は本当かしら、と言った。彼女の意地悪な視線から逃れるべく、また目を逸《そ》らす。

「……確か、小学校の時にやった椅子取りゲーム凄く弱かったわよね」

さらりと彼女の玲瓏《れいろう》な声が拒絶する心を撫でた。それは無心であろうと意識するほど強く反響し、幾重にもなって僕を追い詰めた。

踝《くるぶし》にも満たない浅狭《せんきょう》の外壕《そとぼり》が事もなげに埋められていく。たった二言の訊問《じんもん》で心は余裕を失い、侘《わび》しい偽りの矜持《きょうじ》はもう瓦解《がかい》寸前であった。今にも沈黙に溺《おぼ》れ死にそうながら、それでも残る力を振り絞って黙秘する。

「ねえ、歩」

「……」

「見栄はよくないんじゃないかしら？」

俄《にわか》に放たれた鋭利な鏃《やじり》に、ちっぽけな矜持が豪勢に打ち抜かれる。緊張する胸奥がやにわに弛緩し、口を強く結んでいた糸が次々と千切れてゆくのを感じる。

将棋初心者が有段者に勝負を挑むような、万に一つの勝ち目もない戦いをなぜ仕掛けたのか。もがくようにした抵抗も、王を半マス逃がす程度にしかならず、その無意味さに忸怩《じくじ》たる思いに駆られ、羞恥《しゅうち》から顔が熱くなる。

また好遥に揶揄われるのだろう。俯いて垂れ込んだ前髪の隙間から恐る恐る好遥の具合を窺《うかが》う。すると好遥は、毛先まで凛とした長い睫毛《まつげ》を柔らかに伏せ、水面に浮かぶ蓮《はす》のように静かで可憐な笑みを浮かべると、そういうことにしてあげる、と言った。

揶揄われはしなかった。だが大人が未熟な子供を見守るような余裕のある笑みを向けられ、やはり羞恥から顔が熱くなる。穏やかな沈黙は痛く、ストローを持ってコーラの中の氷を掻き回すことで心を誤魔化した。

好遥はもうそれ以上何も言わなかった。自分のドーナッツを小皿に分け、コーヒーと一緒に手元に置くと、フォークで器用にドーナッツを一口サイズに切って口に運んだ。

「やっぱりドーナッツって美味しいね」

よほど美味しかったのだろう。膨らんだ頬に手を当て恍惚《こうこつ》な笑みを浮かべて言った。彼女の裡にある悦《よろこ》びを、僕は未だ食べずとも想像ができた。地元にはコンビニさえろくになく、都会まで出ないと有りつけないものは山ほどとあった。このドーナッツ屋もその内の一つである。だから久方ぶりに食べたであろう彼女が思わず零したその言葉は不自然なものではなく、至って正しい反応と言えた。

だがお店に通い慣れた女子高生らの中でいうには、それはあまりに不自然で大き過ぎた。彼女たちからすればこの味は身近な味なのだ。先の好遥の発言は田舎の不幸者のそれに他ならず、好奇と嘲笑《ちょうしょう》の対象になりえた。怯えながらもちらっと辺りを見る。すると幸いにも会話に夢中で誰も此方《こちら》を見ていなかった。

僕も倣《なら》って一口サイズに切って食べる。

いつかも忘れるほど昔に食べて以来のドーナッツは、その頃よりも甘いように感じた。期末テストを頑張った褒美に、脳が甘味の感度を高めてでもくれたのだろうか。

返却されたテストはどれも点数がよく、珍しく勉強会に遅刻した好遥も、結果を見ると自分事のように喜んでくれた。そのこともまた一段と美味しく感じる要因かもしれない。

舌に転がる砂糖の塊を嚙み潰すと、甘味が更に口内を広がった。

『今日は勉強会お休みにして、息抜きにドーナッツでも食べに行きましょ！』と言った好遥も、次々とドーナッツを口に運んでは、魅惑的な甘味に顔を蕩《とろ》けさせて味わっていた。

「私たちの駅近にも出店してくれないかしら」

「田舎だからね……、どうだろう」

「みんな来ると思うんだけどな」

「でも子供減ってるらしいし、難しいんじゃない？　年配者にこの甘さは堪えるだろうし」

休日は並ばないと乗れなかったブランコは、暫く乗っている人を見かけない。何組もの鬼ごっこでごった返して混沌《こんとん》としていたアスレチックも、ただの寂れた置物になっている。

たった三十分先にある都心部が発展する中、反目するように僕らの町は衰退していった。

好遥も分かっているのか、面白くなさそうに片方の頬を膨らませた。大人びた顔つきに幼い仕草がアンバランスながら妙に映える。

「凄くいい町なのに」

「まぁこればっかりは仕方ないよ」

「歩は出店してほしいお店ってある？」

「んー、どうだろう。コンビニとかもう少しあったら便利だとは思うけど、それで変に町の雰囲気変わるのも嫌だしなぁ」

「あー、その気持ち凄く分かるかも」

薄桃色の口がストローを咥《くわ》える。

黒炭のように苦々しい真っ黒なアイスコーヒーが半透明なストローの中を遡上《そじょう》して、花弁のような唇の中へと流れていく。暫くすると、花弁の美しさに引き寄せられていたアイスコーヒーが魅惑から目覚めたかのようにグラスへとゆっくり引き返していった。

「そういえばジョギングはまだ続けてるの？」

「うん、ちゃんと毎日してるよ。このあとも帰ったら走ろうかと思って」

始めてまだ一週間程度だが、今のところ続けられていた。習いというにはまだ早く、けれど兆しは掠《かす》めてある。走れば疲れる。だが脳は以前に増して活性化し、さやに意識が現実の線を捉えるようになった。このまま習慣に昇華《しょうか》するためにも暫く好天《こうてん》が続いてほしい。

「ごめんね、誘って。走るの遅くなるわよね」

「いつも遅い時間に走ってるし大丈夫だよ」

「そっか。ありがとうね、付き合ってくれて。おかげで凄く美味しいわ」

爛漫《らんまん》と花開く彼女の表情に、幸福感や面映《おもは》ゆさが沸々とせり上がっては心の内を健やかに渡ってゆく。この感情に味があればきっと胃もたれするほどに甘いことだろう……。

今僕らの会話に於いて、勉強会という名目の隔たりがない。こうした自由な心の広がりで話すのは春の始業式以来か。今なら自由に奥深く心を向けられる。目が痛くなるほど店内を照らす白色の蛍光灯。高低も奥行きも内容も疎《まば》らで統率のない騒ぎ声。白く笑う好遥に反射して笑う僕。全てが深く沁《し》みてゆく。

掬《すく》うには多彩過ぎる色を眼前に、ふしだらに酩酊《めいてい》する。また好遥が何か言おうと魅惑的に口を開く。未だ始まったばかり。あと何度この場で彼女の言葉に心を震わされるのだろう。僕は耳をそばだてる。さて、今度は何色だろうか。

お店を出ると辺りは既に暗く、されど日が夜に溶け込んでも駅前広場には多くの人が行き交い日中さながらに活気づいていた。ネオンの光に昂揚し品なくはしゃぐ青年たちや、電話をしながら駅の方へと走るスーツ姿の男性が僕らの横を煩《うるさ》く過ぎる。順調に街の代謝は進み、次々と昼の者と夜の者が入れ替わっていく中、法により昼を生きる僕らもまた街の代謝に沿って駅に流れる人波に乗って歩く。

等間隔に並んだ街灯が煌々《こうこう》と周囲を照らし、光を映した者の足元に影を忍ばせた。それらは二つに割れ、一つは早く帰らねばと焦ったように先を行き、もう一つは未練がましく足にしがみつき引き摺られていた。どうやらここの街灯の光を以て現れた影は、体の形だけでなく心の形もまた表すらしい。

「今日はすっごく楽しかった！　また行こうね」

少し先を行く好遥がくるりと振り返る。

その声は子犬が戯れるように甘々しく弾み、一房《ひとふさ》に束ねた長い髪が弧を描いて痩躯《そうく》の向こうで楽しそうにちらちらと揺れていた。けれども笑みを湛えるその表情に影がほんのりと差し込んでいるせいで、僕の目には心なしかもの淋《さみ》しく愁い気に映った。

「……そう、だね」

失われた楽しいひと時が脳裏に蘇る。

それは未来への活力を十全に齎したが、記憶から抜け出た快楽の尾が喪失を色濃くした。

輪郭の覚束《おぼつか》ない二つの影が、薄い胸の下に渦巻く迷いの鼓動に呼応し徐に濃淡を変える。それらは作用関係にないと理性で捉えながらも、縋《すが》る影が色濃くなるのを見て寂しさでより胸が詰まる思いがした。

「もしかして、怒ってる？」

「え、どうして？」

「なんだか不機嫌そうに見えたから……」

薄暗い彼女の顔に、萎《しお》れた向日葵《ひまわり》のような衰退の悲哀さが色濃く滲む。

好遥にしたように、僅かに俯いた僕の顔にもまた影が悪さをしたのだろう。快活な彼女の笑顔でさえ哀愁を感じたのだ。それが僕となればきっと蜘蛛《くも》の糸を切られた犍《かん》陀多《だた》よりも酷い顔をしていたに違いなく、そんな醜悪な顔を見た好遥は大変気の毒であった。彼女の言う苦い感情はその一切が心裏にない。だが訂正を前にして、ふとこの思い違いがまたとない仕返しの好機に思え、するともうすっかりこの千載一遇のチャンスを前に先までの熱さを忘れて、企みから高鳴る胸を懸命に宥めながらまたしても嘘を羽織った。

「心当たりはある？」

「ちょっと話し過ぎたかなって……」

「もう日も沈んでいるしね」

「ごめんなさい」

あっさりと小さな頭が下がる。

思わぬ企みの成功に、暫《しば》し遅れてからたまらなく愉快になり仄かに失笑すると、何事かと好遥が顔を上げきょとんとするので、いよいよ堪えられずに呵々《かか》と笑った。久々に聞く自身の笑い声は、えらく奇妙なものであった。

「え、どうしたの？」

「ごめん、面白くってつい」

「面白い？　え、怒ってるんじゃないの？」

「ううん、全然」

するとようやく自分が騙されたのだと知った彼女は、なによいじわる、と唇をツンと尖らせると、背を向け駅へと歩き出した。だが歩幅は先よりも狭くゆっくりで、あえてそれが道化であると僕に知らせようとしているように思えた。

足を速めすっと隣に駆け寄る。顔を覗くと、まだ口端がひん曲がっていた。

「……なんでにやにやしてるのよ」

「ごめんね、騙して」

返答になってないよ。そう言う彼女の表情は依然硬いままであったが、声は軽く弾み、口許《くちもと》からは薄く笑みが滲み出ていた。

拙《つたな》い道化のひらめきから互いに本心を覗かせるも決して明らかにはせず、初々しい真偽の駆け引きが鬩《せめ》ぎ合うもどかしさに、僕はすっかり笑みを隠し切れずにいた。不慣れな表情をし続けているせいで頰の筋肉が痛い。だが心は至って明澄《めいちょう》でそれさえ今は心地よかった。僕は胸中に充溢する甘くて温かなものを嚙み締めるように改めて言う。

「ごめんね」

「もういいわ、だって――」

彼女は静かに息を吐くと、

「久し振りにいい笑顔が見られたんですもの。やっぱり歩はそうやって笑っている時が一番素敵な顔をしているわ」

その言葉に、心臓が悲しい音を立てた。胸が軋み、血が滴るように胸中から満腹感にも似た温かな何かが零れ落ち、喪失が色濃く胸底に落ちる。

「そ、そんなこと、ないよ」

努めて平然と答えるも、言葉が切れ切れになる。今度は上手く演じて自分の心ごと騙してしまいたかったのに、これでは自白しているようなものである。この季節の微風に肌寒さなどあるはずもないのに、隙間風のように空殻《あきがら》な胸の内を冷たく吹き抜けた。

ふと彼女の表情を見て息が、胸が詰まる。それは水中から覗く晴れ空のように明澄で、命の美しさを思わせる強い笑みであった。琥珀《こはく》に煌《きら》めく瞳が真っ直ぐ僕を捉える。

「ううん、ずっと一緒の私が言うんだもの。間違いないわ」

――一体どれだけ世界が美しく見えたらこんなにも綺麗に笑えるのだろうか。

彼女を見ていると時折そんな思いが過る。

僕の口は人を前にすると途端に言葉を失ってしまう。

相手の表情の裡に潜むあるやもしれない毒が、話す内に瞳や口から立ちどころに燃えて表れてくるように思え、その不安の妄執《もうしゅう》によって心が聾《ろう》して言葉が喉を通らなくなってしまうのだ。表情は影のようにはいかず、必ずしも心の実体が顔に表れているわけではない。ファントムが己の醜さを仮面で以て隠したように、表情の裡に人は多くの心を隠す。それが酷く恐ろしく、強烈な死の香りとなって人と相対するにあたって憑《つ》き纏い、厳しく僕を離さなかった。それでも懸命に打ち解けようとした時期もあったが、呪いのような稟質《ひんしつ》のためか結局は上手くいかなかった。

また僕に潜むこの呪いは、人にあるべき共感性や幸福の感受性をも貧しくさせた。読書や好遥との時間は心を瑞々しく息衝《いきづ》かせたが、それらはほんの一部に過ぎず、世の殆どは降り注ぐ冷たい灰によって色や形や匂いを失い、そこからくる共感の瑕疵《かし》が孤独を深め、世界をより無味乾燥なものへと堕落させていった。無色なものを綺麗と嘯《うそぶ》く器用さも、無臭なものを馨《かぐわ》しいと酩酊してみせる演技力も僕にはなく、ただ徒《いたずら》に灰をいっそう濃くさせるばかりであった。

――もっと笑っていいんだよ。

小学校四年生の頃の担任に言われたその言葉は、蛇のように執拗《しつよう》に心に絡み嬲《なぶ》り締めた。

どうして面白くもないのに笑わないといけないのだろうか。

ホームルームで賑わっている中、一人取り残されることの何が面白いのか。ピクニックで皆が仲良くご飯を食べている中、一人輪の外でお弁当箱を広げ、決して入ることのできないその光景を見ながらご飯を口にする虚しさ悲しさのどこに笑える要素があるのだろうか。たまに先生に輪の中に連れて行かれ、みんな仲良く、と言われたときだって惨めで身が張り裂けそうだった。

それが悪意からでなく、新米教師らしい純粋な情熱からきた言葉であると分かっている。だがまるで笑えない自分は人を象っただけの紛い物であると咎《とが》められているようで、踏まれた朽ち葉のように心が啜《すす》り泣いた。

僕だってできることなら好遥のように笑っていたいのに――。

昔から胸に潜む無声の慟哭《どうこく》が、毒々しい汚泥《おでい》として蘇りどろりと胸底に滑り落ちる。いつしか力なく落ちた双眸《そうぼう》は既に好遥の姿を失い、歩みを止めた侘しい足元を映した。

やはり灰は僕に降り続ける。掃っても不適切な映像を遮《さえぎ》る過保護な母のように忽ち覆い隠してしまう。呪いを背負う者の宿命か。光の届かない穢れた冷たい灰の積もる土に花が咲くはずもなく、終焉《しゅうえん》を待つだけの世界に彼女の光芒《こうぼう》を望むなど、痴《し》れ者の至りである。

高一の頃から履いている草《く》臥《たび》れたローファーの傍《そば》を幾つかの影が過ぎる。だがどの影も立ち止まらず忽ち明るみへと逃げて行った。

泥の放つ毒の香りが胸を過ぎ鼻腔に鋭く立つ。強烈な郷愁に惹かれ酩酊したのか、気泡が弾けるように少しずつ視界が白《しら》む。胡蝶《こちょう》の夢のように現実が溶け合っていく……。

「でもさ」

突如、朝日のように冴《さ》え冴《ざ》えとした明るい声が近くから昇った。

「だからって無理して笑おうとしなくていいからね。今みたいに笑いたいときにいっぱい笑う。それでいいと思うよ」

漉《こ》された雫のように清浄で円《まど》かな声が、山林に鳴る鈴の音《ね》のように、夜気《やき》に冴え渡る時鳥《ほととぎす》の声のように、寂しい胸の内に広がる。それは共鳴し輪唱し、心の深くまで及んだ。

顔を上げると、好遥はぶつかりそうなほど近くで、穏やかな目で以て僕を見ていた。

パチンッ――。額に小さな痛みが弾ける。

「さっきいじわるされた分のお返し」

彼女は僕の額を指先で弾くと、仕返しから逃げるように一歩後ろに下がった。

痛たた、と大して痛くもないのに反射から言葉が口を衝く。弾かれた箇所を摩るうちに痛みは引き、すると胸に充溢していた陰鬱な疼《うず》きもまた消え、代わりに仄かな熱が宿った。

あぁ、どこまで聡《さと》く優しいのだろう。

今までもこうして沢山の人を助け、元気づけてきたのだろう。それは彼女からすれば当然のことで、決して幼馴染に対する贔屓《ひいき》ではない。そんなことはもう分かりきっていて、万に一つの勘違いも過ることはない。だがそれでも身体に灯る純美な熱が卑屈に凍る心を甘やかに溶かした。

「まあ、私といたら笑い疲れて寝込んじゃうかもしれないけど。あ、でも安心して。そしたら毎日枕元にポカリ届けてあげるから」

「毎日持ってくるのは大変だよ」

「大丈夫よそのくらい。家も近いし」

「でも寝込んだら勉強遅れちゃうね」

「それは困るわね。じゃあ代わりに教本でも持って行くことにするわ」

「それなら何もいらないよ」

「へー、家には来て欲しいんだ」

彼女は意地の悪い狐のように目を細めた。それは暴虐的で堪え難い大熱《だいねつ》を薄い肉体の内に爛然《らんぜん》と咲かせ、一瞬にして全身を燃やした。

慌てて否定する。だが彼女の耳におが屑《くず》でも詰まっているのか、僕の声に耳を向けず満足気に頷くと、一人で駅へと歩き出した。

綺麗に束ねられた黒髪が、月下で飛び跳ねる鯉《こい》のように光を撒《ま》きながら揺れる体の軌跡をなぞる。あれだけ近くにいたのに、また彼女が遠のこうとしている。話し足りない。離れたくない。まだこの時間を終わりにしたくない。僕らの間に影が割り込むのを見て、思わず遠のく彼女に手を伸ばした。

触れたのは一房の髪だった。

夜を幾重にも細く裂いたような黒髪は想像よりも重く、さらさらと指の隙間から時折光を立てながら零れ落ちていった。

好遥が勢いよく振り返る。空いた手の隙間から彼女の驚く顔が見えた。一体何をしているのか、と放心から醒めるも、胸を焦がす炎の勢いのまま手が動いたために真っ当な理由などなく、気が動転したために、ただ口許で言葉をまごつかせるばかりであった。

「きゅ、急にびっくりさせないでよ」

好遥の目が落ち着きなく動く。

気持ち悪いと思われただろうか。心臓に冷たい針が刺さる。右手だけが法廷に立たされているかのように夜に浮き、罪を表していた。ばつが悪くなり、彼女の目から自分の愚かさを隠そうと手を下ろしたところで、ふと温かな何かが優しく右手を掬い上げた。

「もういいから。そんな後ろ歩いてないで、暗いし早く帰ろ」

彼女は握った手を優しく引き寄せると、そのまま街灯が織り成す金色の絨毯《じゅうたん》の上を躊躇いなく歩き出した。

およそ声帯の震え方も忘れ、言葉を失い、ただ痴呆《ちほう》のように口を無様に開閉させるばかりで、彼女に引っ張られるがまま後をついていく。周囲には大勢の人がいて、その中には同校の生徒がいるかもしれなくて、けれど今の僕は彼女とそれ以外ではっきりと区別され、彼女以外のものは全てがぼやけ思考も働かず、感覚の全ては惜しみなく彼女に注がれた。

立ち止まることも振り解くこともせず、互いの手をしっかり握ったまま不格好に進んでいく。もう僕らの間を邪魔する影はいない。灰が剝《は》がれ色が蛍火のように灯るのを感じる。

遠いと、届かないと思っていた距離は、手を伸ばせばあっけないほどに近く、淑《しと》やかな髪房《かんづか》に、そして傷のない清らかな手に触れることができた。

きっと遠のいていたのは僕の方だったんだ。

諦めから足を止め、手をしまい、ただ見てるだけであった。中学の初めに好遥と離れたところで頑張ったものの、結局上手くいかずにトラウマを抱え、より塞ぎ込んでは灰を被ってしまった。だが諦めずにほんの少し足を踏み出すだけで、手を伸ばすだけでよかったのだ。たとえ自力で辿り着けずとも、こうして彼女が憧憬して止まない色鮮やかな美しい日常の世界へと導いてくれる。僅かな勇気こそ入り口なのだと導きを以て教えてくれた。

同じ色にはならないだろう。傷つくことも往々にしてあるだろう。それでも僅かな勇気を出し続ければ、いつか彼女のように自分の瞳に映る世界を見て、心から綺麗に笑えるようになるかもしれない。

そうありたい――。

僕は強く願った。その願いのために変わりたいと強く望んだ。

昔の怖さはまだある。けれどいつも遠くへ感じる彼女に少しでも近づくことができるなら、自らの足で彼女の隣を歩き、美しく映える世界を見ながら一緒に笑えるのなら、僅かな勇気を奮うことなど造作もなく、心の傷さえ厭《いと》わない。

決意の証にと強く握り返す。好遥も少しの間を空けてきゅっと握り直す。

街灯が照らす好遥の頰は、赤く染まっていた。僕もきっと同じ色に染まっていることだろう。ふっと頬が柔らかに溶けていく。

あまりにもいっぱいの熱で破裂してしまいそうな僕の心は、しかしとても軽やかで、紐で括《くく》らなければどこまでも高く遠くまで飛んでいってしまいそうだった。

あぁ、こうして笑う日々も悪くない――。

今立てたばかりの誓いを、口にすることなくひっそりと胸の奥に秘そめた。

三

終業式前の教室はいやに喧騒《けんそう》としていた。

その異常なまでの興奮と生彩《せいさい》は、誰しもが待ち焦がれた夏休みが数刻後に迫っていることへの膨大な期待の表れと思われるが、男子は殊更異常であった。彼らは身の竦《すく》むような悍《おぞ》ましい感情によってより心を熱く滾《たぎ》らせ、その激情を齎《もたら》した人に向け発していた。

「――村！　おい、栗村《くりむら》！」

動転するあまり遠のいていた意識が、鋭く野太い声によって強制的に引き戻される。

周囲をぐるりと見渡す。普段なら黒板と小さな棚が映る席からの視界は、クラスの男子で埋まっていた。その青春の香る壁に宿る糾弾するような厳しい双眸《そうぼう》が全て一点に、輪の中心に座する僕に向けられていた。とりわけ矢野《やの》くんは椅子を寄せ僕の顔に迫ると、野性味ある彫り深い顔をいっそう険しくさせて、やはり厳しい目つきで睥睨《へいげい》していた。

汗が首筋を伝う。横着なエアコンにより暑い教室内は、情熱漲《みなぎ》る男が集《つど》うことで更に暑さを増し、呻《うめ》く暑苦しさを瞳にも齎しめた。

「え、えっと……、その……」

怒りのあまり矢野くんの巨躯《きょく》は細かに揺れ、岩盤のような膝《ひざ》が僕の太腿《ふともも》に当たるばかりに僕もまた細かに揺れる。その五臓六腑《ごぞうろっぷ》に響く震えがより恐怖を増長させ言葉を奪った。

「はっきり喋れよ！」

矢野くんが再び野太い声で叫んだ。

近距離からの怒声に耳が痛み、またしても顔に飛沫《ひまつ》した唾液《だえき》が掛かる。言葉の途中とあって僅かに開いていた口の中に唾液が飛び、沁《し》みた苦い味に身の毛がよだつ。だが彼の凄《すご》んだ瞳を前に拭うことも口を濯《すす》ぎに行くこともできず、喉に力を込め気道を塞ぐことでえずきそうになるのを懸命に堪える。

今朝からずっとこの調子である。初めは違和感であった。教室に入った途端、ざわめきと懐疑的ながらも怒りを潜めた視線が僕を迎えた。席に着くと矢野くんが、そして続々と人が集まると、彼らはまるで僕が黒い羊であるかのように晒《さら》し上げ、揃《そろ》って投石による裁きを執行《しっこう》するかのように糾弾《きゅうだん》の言《げん》を投げつけてきたのだ。一切の遠慮を持たず、純度を高めた殺害の気魂《きこん》が言葉にはあった。もうどのくらいの間こうしているのだろうか。時計が見えないせいで時間がより長く感じる。

心労の堪えうる水瓶《みずがめ》は満杯ながら、しかし矢野くんは一切の内情を顧みずに眉《まゆ》をぐっと下げ胸で一杯に呼吸すると、

「小林さんと手繋いだってどういうことだって訊《き》いてんだよ！」

――この騒動の契機。昨晩のことについて、廊下まで届きそうな大声で訊《たず》ねてきた。

繰り返される詰問に、今すぐ窓から飛び降りて逃げるという、およそ理性的ではない閃《ひらめ》きを、けれど抱える水瓶の重さと危うさから真に惟《おもいみ》ては、またその姿を夢想した。

確かに昨晩、日陰で静々と過ごす煢然《けいぜん》な味気ない日々を変えようと決意した。だがあまりに急変過ぎる。決意が青くないとはいえ、こうも準備もなく攻め入られては、ただ粟立《あわだ》ち混乱するばかりで、心は昨日に残される。

我ながら不憫《ふびん》さを覚えるも、しかしこれも何かの試練か、と頭が働く。だが明らかな毒を噴《ふ》き出す荒くれ者を目の前に、意志に反して本能が勝り、怖れから言葉が詰まる。

「い、いやぁ……」

「いやぁ、じゃねえよ。見たやつがいんだよこっちには。それを嘘だって言うのかよ」

「う、嘘じゃないけど……」

「けどなんだよ。お前なに、小林さんと付き合ってんのか?」

「べ、別にそういうのじゃ……」

「じゃあなんで手ぇ繋いだんだよ」

手を繋いだ理由——。

あの行為に僕は意味を見出して決意へと繋げた。しかしそう言われてみれば分からなかった。たとえ僕の表情が酷くあったとしても、いつものように言葉で以《もっ》て救えばいいだけである。すると僕の心に何か働きかけるためという線は薄れ、手は駅の明るみへと入った途端に解かれたことから、彼女の言葉通りただ早く駅へ行きたかっただけのように思えた。しかしそれもやはり口で言えばよく、手を繋ぐ理由とするには些《いささ》か弱く思えた。

彼女の真意はどこにあるのか。昨晩の決意が揺らぐことはないものの、その迷いからすぐに理由を述べることができなかった。

返事をしあぐねていると、男子らが口々に僕を誹《そし》る蛮声《ばんせい》が聞こえてきた。朝から勢い衰えぬ彼らの激情に辟易《へきえき》とするも、時折罵声《ばせい》に混じって聞こえる『裏切り』や『約束』の言葉が妙に気に掛かる。彼らと約束を交わした記憶も、心当たりもまるでない。一体僕は彼らの何に背いたというのだろうか。まるで分からず思案を巡らせていると、矢野くんが勢いよく立ち上がった。

「てか女子はどうなんだよ。俺らのときは散々言ってくるくせに、今日はやけに大人しいじゃねえか。こいつだけ特別扱いかよ」

　彼の言葉から、好遥《こはる》に関する決めごとが定められていることと、それに女生徒も関与していることが幽《かす》かに判明するも、だがやはり心当たりはなく、いよいよ謎が深まる。

　何とか言えよ、と叫び散らす矢野くんをどうすることも叶わず、ただ小さく握った拳を膝の上に置いて、路傍《ろぼう》に転がる苔生《こけむ》した地蔵のように天に身を委《ゆだ》ねるばかりであった。

　ふと昔のことが蘇る。そういえばあのときも今日のように突然で、そしてやはり身に覚えがなかった。戸惑ううちに全てが失われた。遠のく笑声、地鳴りのように響く雨音、胸中に渡る冷たい感覚……。古傷が脈動する。

「――ねぇ」

気が翳《かげ》ろうかというとき、不意に横から威圧的な女性の声がした。

見ると関口《せきぐち》さんが自席に頬杖をついて下らなそうに顔を顰《しか》めてこちらを見ていた。無造作に机上に投げ出された左手には、校内で使用禁止の携帯が握られている。

「あんたたち、ちょっとは落ち着いたら？」

声や表情や姿勢、初《うぶ》な朝の日差しによって七色に光り散らす目元のラメに至るまで、彼女の全てが攻撃的に僕らに向いていた。

「は？　圭子《けいこ》、お前はどうなんだよ」

矢野くんが詰め寄るも、関口さんは臆することなく鼻で笑って返した。

「約束がなんだとか言ってるけどさ、取り敢《あ》えずうるさいのよ、あんたたち」

関口さんは背もたれに寄りかかり、腕を組んで高圧的な態度を取ると、唾棄《だき》するように言葉を乱暴に吐き捨てた。

「さっきから見てれば、揃ってうじうじと、みっともない。大勢で一人を虐めて、男として恥ずかしくないの？　それにお前っていうのやめて。むかつく」

「虐めてねぇし、答えになってねぇ。なんでこいつだけ特別扱いなんだって聞いてんだよ」

「前提が違うでしょうよ」

前提、と矢野くんは理解できないとばかりに言葉を反復する。

「あんたらが決めた約束がなんだのは知らないけど、女子からしたら小林さんに変なことをして、迷惑掛けなければいいの」

「それだったらこいつだって迷惑掛けてんじゃねえか。抜け駆けで誘って、遊びに行って」

「迷惑だと思ってるなら手繋がないでしょ」

ばかなの、と挑発的に口元を歪《ゆが》め挑発する。

その堂々たる態度に、矢野くんだけでなく他の男子も怯《ひる》んだように口を噤《つぐ》む。

「事の経緯も聞かない。ただ約束だ、裏切りだと騒ぎ立ててるだけ。そもそもそれを栗村くんは知ってるの？　何の確認もしないで、自分らで勝手に盛り上がって一方的に責め立てて、そんなのただの虐めだわ」

「だ、だが——」

「だが、じゃなくて。いいからちょっと落ち着きな。他の男子もだよ。よく考えなさいよ。こうやって騒いでること小林さんにばれたら確実に嫌われるわよ」

母がはしゃぐ子を戒めるように毅然《きぜん》とした物言いで彼らを諭す。すると彼らはそれこそ叱られた子のように黙って態度を改めた。ようやく教室に落ち着きが生まれる。

廊下からだろうか。誰かの足音がする。それは今日席に着いて初めて聞く囲いの外の音だった。その平穏を知らせる音は、また自身の不甲斐《ふがい》なさをも知らしめ、薬のような過ぎれば毒になりかねない危うさの絡む音であった。

「ねえ栗村くん。小林さんと幼馴染なんでしょ。昔すごく仲がよかったって」

頷く。すると矢野くんが驚いた声を上げたので、関口さんがうるさいと窘《たしな》める。

「知らないの多分あんたくらいよ。忘れてる人なら反応見るにいそうだけど。まぁそれはいいわ。いつから仲よかったの？　幼稚園のときからって聞いたことあるけど」

「生まれて少ししたときにはもう。親同士が昔から仲良くて家も近いから」

「そう。じゃあさっきから男子らが言ってることって分かる？」

「……ごめん、ちょっと……分からない」

ほら、と関口さんが男子を睨《にら》む。

「ほんと揃ってばかばっかり。ねえ、栗村くんさ、昨日の経緯とかをこいつらに軽くでも説明できる。本人の口から聞くのが一番納得できるし。あんたらもそれでいいでしょ」

関口さんの言葉に、矢野くんは不満気に眉間《みけん》を寄せるも、話を聞いてからだ、とドサッと椅子に座った。他の男子も同じような顔つきをしながらも、また黙って僕を見ていた。

皆が僕の言葉を待つ。それによって落ちる沈黙は、肉食動物が忍び足でじわじわ餌《えさ》に近づく様に似ていた。違うのは餌がそれを認知できているかどうかだけである。緊張が忍ぶ。

このまま騒ぎが続けば、きっと好遥は来るだろう。そして場を収めることだろう。その際にどんな言葉を用いるのか気になるが、それではだめなのだ。変わると決めたのだ。昨日手の内に、胸の中に宿った温かさを思い出し、再び立てた誓いを屹然《きつぜん》と起こし、緊張を飲み込む。

「昨日は小林さんがどうしても行きたかったらしくて、誘われたんだ。でもそれは幼馴染である僕と出掛ければ親が安心するからだろうし、その……てっ、手を繋いだのも、遅い時間なのに僕がのんびり歩いていたことに焦《じ》れて引っ張るためで、何か他に特別な理由があったわけじゃないよ」

古びた塗装が少しずつ剝《は》がれ落ちていくように、言いながら胸に張っていた大事な何かが削られていくような気がした。鋭さより沁みるような痛みである。だがそれでも萎《しぼ》む気持ちを奮って最後まで言い切る。

「だって。あんたたち分かった？」

関口さんは爪を弄《いじ》りながら投げやりに言う。

矢野くんは、そうか、と呟《つぶや》き暫《しば》し目を瞑《つむ》って黙り込んだ。そして組んでいた太い腕を解いて膝の上に立てると、深々と頭を下げた。

「正直、納得できない部分はある。だが嘘を吐《つ》いているようにも思えなかった。だからその通りなんだろう。勝手に取り乱して騒ぎにしてすまなかった」

シャツの襟《えり》から覗く背中のニキビが痛々しく赤い。毛穴から窮屈に押し上げられた生々しい血肉の美醜に目が釘付けになる。間違いを正すことのできる柔らかな赤さ、未だ厚い胸板の内に燻《くすぶ》るものがありながら、それでも信じるといった彼の心の丈夫さ。衣のない、皮膚さえ脱ぎ捨てた剝《む》き身の彼本来が備える誠実さを目撃し、心が揺れる。僕は彼のように血肉を剝き出して話せただろうか。

さっき伝えた言葉に嘘はない。しかしどこか本心とすれ違っているような微妙にずれを感じる不安定な言葉であった。その不安定さを自認しながらも秘めたことが不誠実であるように思われ、窓から入る光のように罪悪感が胸に刺さった。

「じゃあもう解決したなら散って。視界が朝から暑苦しいのよ」

ほらほら、と関口さんが気怠《けだる》げに手を払う。まだ納得できないと表情に激情を湛《たた》える者もいたが、急に冷えた場の雰囲気に飲まれたのか、不承《ふしょう》不承《ぶしょう》に散っていった。

「せ、関口さん」

視界がいつもの光景に戻ってゆくなか、腹筋が震えそうなほど緊張しながらも声を掛ける。彼女は鞄《かばん》をまさぐる手を止めることも目を離すこともなく、軽く返事をした。その心の乏しさから、迷惑であったかと勇気が萎《しお》れる。だがこれは言葉にしなければ、と改めて勇気を奮う。

「その……、ありがとう」

「どういたしまして」

彼女はポーチを手にすっと立つと、

「栗村も誤解を生むようなことは今後避けておいたほうがいいよ。まぁ今回のことで痛いくらい分かったとは思うけどさ」

もうこれ以上話す気がないらしく、僕に背を向けて席を離れた。

彼女の元に友人たちが駆け寄る。その輪の中、不意に見えた彼女の表情は男子に向けていた冷徹なものとはまるで違い、水平線の際を揺蕩《たゆた》う海の冴《さ》え冴《ざ》えとした溌剌《はつらつ》さがあった。

――笑いたいときに笑えばいい。

昨日の好遥の言葉が蘇る。

彼女はその言葉を体現しており、するとそれは自分らしく生きること、すなわち阿《おもね》りや謙《へりくだ》りを嫌い、過剰に自分を卑下せず、ただ、らしくあるというシンプルな心《こころ》持《もち》で以て生きることにあるように思えた。ならばできるはずもない。心の素直さ、生々しい赤さをひけらかす、怖れを認め受容する勇気を僕は持っていない。欠損ではなく皆無であった。

矢野くんにしても、関口さんにしても、大きな誤解をしていた。利己的で快楽の従僕だとばかり思っていた。見るものも見なければ、聞くものも聞かなければ、分かるはずもあるまい。ただの食わず嫌いだったのだと今になって思う。それらを埋めることができれば、いつしか好遥の持つ朝の訪れのような快い燦然《さんぜん》とした彩りが僕にもまた現れるかもしれない。自分で築いた堀は相当に広くて深く、均《なら》すには時間が掛かるだろう。それでもやると決めたのだ。口外してはいないが、胸に密めいて誓ったのだ。そのためにまずは彼に倣《なら》って自らも誠実にならねば。

彼女たちがドアの先へと消えるのを前に、視線を外して矢野くんに向き合う。

「僕も、その……嫌な思いをさせてごめん」

「なんで謝んだよ。悪くねえんだろ。悪くないときは謝らなくていいんだぞ」

「いや、でも……、」

「いいやつなんだな、栗村は」

矢野くんが瞳を潰して笑う。

いいやつなんかじゃない。偽者よりも醜い、偽者を演じきれない臆病者なのだ。理解していながら、やはりその言葉を口にする赤さはまだなく、目を伏せ、口を結ぶことで否定の意思を表す。だが彼はその意を汲み取らず、左手を差し出してきた。

「今度栗村の話色々聞かせてくれよ」

差し出された手を摑《つか》みたいと思った。摑むことで何か彼に報いたいと思った。言葉にはまだできない。だが行動ならまだ起こせる。そう思い立つと彼の手を力強く握った。

――矢野くんが口を開く。

出てきた言葉に、暫《しばら》くの間茫然《ぼうぜん》としたが、やがて心の底から突き上がる衝動のまま笑った。彼もまた笑っている。悪戯《いたずら》っ子のような笑みであった。彼が素直な感情を僕に向けるように、僕もまた倣って素直に返す。

「――変態」

大笑いする彼をそのままに、唾が被弾した顔を洗いに教室を出る。廊下は明るかった。

いざ鐘が鳴り夏休みが始まると、今更になって惜しんだのか、待望の声を盛大に上げていたにもかかわらず、みな長いこと教室に滞在していた。ようやく静まったときには放課後から一時間を優に超え、いい加減腹は空き、改めて教室に誰もいないことを確認すると、鞄から取り出したおにぎりを平らげ、日はまだ天頂近辺にありながら、蛍光灯よりも照らす明光のうちに図書室へ向かった。

受付で何やら忙しくするご年配の男性司書を横目に奥へと進んで行くと、机や椅子によって薄白く乱反射する陽光のレースの先に、一人勉強する好遥の姿を認めた。それは実に昨日振りの姿ながら、一年越しの夏の大三角形のように初々しい美の光彩を放っていた。

ありありと燃える美を前に意識は瞬く間に呑まれ、すると光の靄《もや》が掛かるその姿に昨日の出来事が重なる。投影される記憶には質量があり、その重さのために心臓が痛むほど酷く圧し潰され鼓動が重く速まると、胸に大火を熾した。だが質量を覚えるが故に、それがいつか重みを失い、いずれ消えてしまうのではないかと、怖れが大火の裡《うち》にちらついた。

月光色に艶めく記憶を、胸を焦がす熱と一緒に硝子《がらす》の小瓶《こびん》に流し込んでしまいたい。

そしてそれを手に取り永遠と眺め続けることができたら、どれだけ幸いなことだろう……。

「お、遅れてごめん」

止まっていた足を動かし机に寄ると、好遥がそっとペンを置いた。凛《りん》とした表情が僕を視線に捉《とら》えた途端に柔く綻《ほころ》ぶ。だがいつもの快活さや絢爛《けんらん》さがなく、あるのは型を忠実に則《のっと》って形成した不安を煽《あお》る笑みであった。

「今日はいつもより遅かったけど、……何かあった？」

胸のざわつく笑顔を貼ったままの彼女に、ただ皆の帰りが遅かっただけ、と伝えると、ようやく少しほっとしたように微笑んだ。

「今日は大変だったでしょ」

「まぁ……ね。でもそれは好遥もでしょ？」

「そうね、流石《さすが》に今日はちょっと疲れたかな」

大きく背伸びをすると、そのまま机に倒れ込んだ。顎《あご》を机に立て、顔をこちらに向け、にこりと笑う。けれどやはり不自然で、隠し切れない疲労の色が見えた。

「歩《あゆむ》はどんな感じだったの？」

見るからに疲れている好遥に心配かけまいと、教室での騒動を秘匿にしようと企むも、彼女の聡明《そうめい》な瞳を盗んで嘘を羽織れるはずもなく、ましてや昨日騙されたことで彼女の感覚が鋭敏になっているであろうことを思えば企むだけ徒《あだ》か、と素直に答える。

「んー、朝から男子に囲まれて色々聞かれた」

「え、それ大丈夫だったの？」

「関口さんが助けてくれて、なんとかって感じかな。……不甲斐ないけど」

「そう、圭子ちゃんが……。あまり自分から男子と関わる子じゃないのに……」

「席が僕の後ろだから、煩《うるさ》くて助けてくれたのかも」

「そういうこと？　お礼に何かお品物でも持っていこうかしら」

「好遥は僕のお母さんですか」

あまりにやり取りが可笑しくてお互いにくすくすと笑う。実際、そういう目で見られている気がする。いつまでたっても心配してはいられない我が子を見るような慈愛の目。その瞳が、僕らが家族同然の関係であることを確かに告げていた。決して矢野くんらが誤解したような関係ではない。そんな不浄な思いは僕らの内には欠片もない。

「好遥の方はどうだったの？」

「んー、秘密」

「え、何で」

「理由はないけど何となく。歩の自由に想像していいよ」

くたっと首を傾げると、口許《くちもと》に髪が被さった。その姿は高校生にそぐわない異性を惑わすような大人の色っぽさがあった。

こうなると彼女は何としても言わない。

幼い頃、好遥のお母さんと三人で流星群を眺め、願い事をしたときも、彼女はその願いを教えてはくれず、今もまだ知らない。押しても引いてもだめならば、諦めるしかない。

「諦」は元来明らかにするという意味があるらしいが、彼女の秘め事の「諦」を諦めるというと、どこか矛盾しているようでむず痒《がゆ》い。だが僕の知識でそれを解くことはできず、それこそ受容し諦めるしかなかった。

「ところで、圭子ちゃんと仲良くなれた？」

「いや、全然。でもアドバイスはくれたよ」

「へー、どんな？」

「誤解を生むような行動はするな、って。言い方は少し冷たかったかもしれないけど、関口さんがいい人なのはすごく伝わったよ」

「ふーん」

「あと野球部の矢野くんも、始めこそ怖かったけど、でも最後には悪かったってみんないる中で頭下げて謝ってくれてさ、本当に凄く誠実でいい人だったよ。帰りにもまた少し話してさ……って、好遥？」

好遥は目を見開いて静かに僕を見ていた。だが瞳は確かに僕と合っていながら、より遠くを見ているかのように焦点が定まらず、互いの視線が同じ時間軸にない、重なっているのにすれ違っている奇妙な感覚に捉われた。

「何かあった？　大丈夫？」

「え？　あっ、ご、ごめん。よかったね、みんなと仲良くなれて」

彼女は努めて笑うも、表情に疲労が卑しく留まる。どうやら放心していたらしい。彼女が酷く憔悴《しょうすい》しているのは、姿勢や表情、その身に纏《まと》う雰囲気から明らかで、彼女自身もそう言っていた。しかし誠の優しさから話し掛けてくれることにすっかり気をよくし、滔々《とうとう》とつまらぬ話をしてしまったばかりに、より彼女に負担を掛けてしまった。自らの盲目さを恥じ入り、浮いた気を戒める。

「今日はもう帰って休む？　疲れたでしょ」

「そんなことないわ、これくらい何てことないんだから」

上体を勢いよく起こすと、ふんぞり返って微笑を湛えた。だが起き上がるときに肘《ひじ》が筆箱に当たったばかりに、それは無情にもテーブルから落下し、軽い音とともに中身を床へ盛大に吐き出した。尊大な笑みを湛えたまま石像のように硬直した姿は大変気の毒に映った。

「本当に大丈夫？」

これ以上虚勢を張るのは無理と悟ったのか、見るからに表情が萎れると、軽く生返事をしつつ床に散らばった文房具を拾い始めた。僕も手伝う。すると彼女は覇気のない弱々しい小さな声でお礼を言った。

「でも昨日勉強会しないで遊んだ分、今日ちゃんとやらないと」

全て拾い終えると、席に着くなりそう言った。声は羞恥心《しゅうちしん》から若干震えが滲《にじ》んでいながらも、勉強会に対する意志は固く、それを覆すにはあまりに難しいように思えて、けれど心配から言わずにはいられなかった。

「そうだけど、疲れているときにしてもあまり意味がないんじゃないかな？」

「大丈夫よ。たとえ能率が下がっても、マイナスにはならないもの。それに帰ってから歩はちゃんと勉強するのかしら」

思わず言葉に詰まる。

もちろんちゃんとするつもりだ。だが約束をしたとはいえ苦い前科を思うと、何も返す言葉がなくなってしまう。信じてくれ。そう強く言えばきっと好遥は信じてくれる。けれどそんな格好のいい言葉など言えるはずもなく、また言い切る自信も足りず、言葉を飲み込む。好遥は何も言ってこないと分かっているのか、勝ち誇った顔でずっと僕を見ていた。

心配は拭えぬまま勉強会が始まり、昨晩の自習で行った英語の長文問題を一頻《ひとしき》り復習してから古文に移る。どうも単語の覚えが悪い。日本語ながらあまりに親しみがないので、記憶に努めてもすぐさま身を離れた。本を読んでいることの効力か、想像から当たることはあっても確かなものではない。またたとえ留めることに成功しても、それが文章に組み込まれると、途端によそよそしくなり覚束《おぼつか》なくなった。古典を読み解くことは、蟬時雨《せみしぐれ》の戦慄《わなな》く中で小川のせせらぎを聞き取ることよりも酷く難解に思えた。

暫し進めるうちに思考が止まる。華美な問題文を想像で以て読んだために、大方の話の流れは摑めたものの、では人物を説明しているものはどれか、と云われると分からなくなる。明確に異なるものを除しても二択残る。

また一つ一つ読み解かねば、と残された時間を思うと気が休まらない。調べることは何ら苦痛ではないが、リミットが定められているばかりに、自由気ままに味わうことができないことが難儀でならなかった。

すっかり塞がり、気を晴らそうと視線を外し椅子に凭《もた》れる。すると萎れた花のように首を垂らし、顔をしわくちゃにしながら欠伸《あくび》を嚙み締めて耐えている好遥の姿を見た。

まずいものを見た、と思うも既に声が漏《も》れたあとで、情けない声に反応した好遥が勢いよく顔を上げた。視線が合う。その目は涙目で、口許と一緒に赤い顔を手で覆い隠すと、黙ったまま動かなくなった。

「……ごめ」

「今の見てないわよね」

言い終えるのを待たずして、鋭さを孕《はら》んだ声が飛ぶ。遮《さえぎ》られた謝罪の弁をまた述べようと口を開くと、一言一句相違ない言葉が彼女から放たれる。目は口ほどにものを言うというが、まさにこのことなのだろう。彼女の研ぎ澄まされた瞳が、顔を覆う手のひらの隙間から僕を捉えて離さなかった。

彼女が何を求めているのか、流石に二度も言われれば分かる。しかし彼女が認めずとも身体は素直で、その隠し切れない疲労のシグナルを看過するわけにもいかない。日は陰り、太陽の高さは知れないが、体感ながら勉強を始めてから大分時間が経ったように思う。この辺りが潮時ではないだろうか。僕は両手を仰々《ぎょうぎょう》しく挙げ、背伸びをした。

「んー、好遥ごめん。もう疲れ過ぎて今日はこれ以上集中してできないかも。一応進んだし、今日はこの辺で終わりにしない？」

更に欠伸の仕草を加える。彼女を思っての道化《どうけ》である。だがやりながらあまりの下手さに溜息《ためいき》が欠伸の代わりに漏れそうになる。

「……無理してそんなことしなくていいのに」

やはり好遥の聡明な瞳を欺けず、彼女は呆れ顔で小さく溜息を吐いた。

あまりに上手くいかなさすぎて恥ずかしい。本当に昨日騙せたことはひと摘みの奇跡だったのだろう。そう思うと、彼女に秘め事など一生かかってもできないように思えた。

「ご、ごめん」

「そうやってすぐ謝る。謝ってほしいんじゃないの」

紅に染めた顔に浮かぶ薄い花弁が不機嫌そうに上向く。

「本当に鈍いんだから。もう……」

雲が切れたのか、図書室に陽光が差す。

光色のカーテンが揺らめき、埃《ほこり》が流れ星のように過ぎる。その目の眩みそうな光の粒の隙間、仄《ほの》かに薄白い世界の中――、

「――歩はまだまだ子供なんだから」

白く透明に美しく笑った。

それはいつもに増して綺麗で、泥水《でいすい》に浮かぶ白い睡蓮《すいれん》を思わせた。

昨日の今日でこの笑顔はいくら何でもずるい。罪悪感を覚えながら、それでもこの幼馴染を大変美しく思う気持ちを止めることができず、罪の熱に魘《うな》される。

「そうね。今日はここら辺で終わりましょうか」

そう言って片づけ始めたので、僕もまた未だ粟立つ心を隠すように必要以上に俯《うつむ》くと、眼前の筆記用具を筆箱にしまい込んだ。

――あぁこれはまずい。今顔を見られたら、あまりの不誠実さにきっと好遥は失望することだろう。この関係も終わってしまうかもしれない。それだけは何としても避けたかった。

網膜に張る残像を払おうと、曖昧《あいまい》に沈む脳を無理やり起こしてただ今晩の勉強のことだけを思う。名残惜しいが、そうでもしないと好遥に顔向けができない。それに自分から言い出したことだ。今更もう少し勉強しようだなんて言えるはずもない。まし

てや理由が不純な分、余計にである。

この先もこうして好遥と一緒にいる上で、抱える熱は酷く邪魔であった。邪魔で、そして憎たらしい。心中で静かに、心に刻むように何度もリフレインして唱える。するとさっきまで身体を蹂躙《じゅうりん》していた熱が次第に冷えていき、言葉が一本の音になるとようやく浮いた心が底につき落ち着きをみせた。——これでいい。胸に疼《うず》くものを感じながら、けれど構わずと片付けを進める。

「歩」

好遥が僕の名前を呼ぶ。

顔を上げると、とても清らかな笑みを湛えこちらを見つめていた。自らの不誠実さ、不潔さを知られてしまったか、と内心が酷くざわつくうちに、ふっと桜色の花唇《かしん》が開いた。

玉を転がすような声が荘厳ななかを渡る。

「歩はその一問終わったらね」

胸の痛みはもう気にならなかった。

あまりの寝苦しさに夢に浸っていた意識がうっすらと覚醒する。

まだ時間が早いのか遮光カーテンが陽を遮っているのか部屋は薄暗く、徐《おもむろ》に起き上がると背中にひんやりとした何かがピタリと張りついた。触れれば寝巻きに使用している草臥《くたび》れたシャツが、長いこと雨曝《あまざら》しになっていたかのように汗でぐっしょりと濡れていた。

寝惚《ねぼ》け眼《まなこ》を擦《こす》りながら、薄暗い中懸命に開かぬ目でエアコンのリモコンを探す。寝る前に枕元にあったそれが床に転がっているのを見つけ、手を主動にベッドへ倒れ込む。感覚で伸ばした手は、けれどリモコンにゆかず、本棚の前に積まれた問題集に勢いよくぶつかると、疎《うと》ましい教材の塚を無情に崩した。

痛む手で床をまさぐり、ようやくとリモコンを掴むと、鈍い頭の記憶を辿《たど》って冷房をつける。気怠げな音と微弱な埃の匂いの裡に、淀《よど》んで鬱蒼《うっそう》としていた部屋の空気が澄んでゆき、暫くすると呼吸が大変楽になり頭も晴れた。すると背筋を冷たく這《は》う不快感が主張を強め、沁みる背の寒さに身が凍えた。

怠さの残る体を無理くり起こして替着を持って部屋を出ると、廊下は窓から差し込む日差しのために、階段まで続く波打つ不揃いな床板の木目が仄かに白んで見えた。床の上は熱く、汗が染み出てくる嫌な感覚を足裏に覚え、爪先立って進み、廊下に差し掛かってようやく踵を下ろすと、そのまま一階の浴室まで向かい、温度を三十七度まで下げたシャワーに不快が絡む身を存分に濡らした。

「おはよう」

すっきりした心地で居間に向かうと、母がソファーで寛《くつろ》ぎながら高校野球を観ていた。

「おはよう。今日は早かったじゃない。どこかお出かけでもするの？」

「いや、今日は小林さんと家で勉強するよ」

親の前では苗字で呼ぶようになったのはいつからだろうか。小学生の高学年になる頃には変わっていたような気がするが、昔のこと過ぎてはっきりと覚えていない。ただ好遥が二人きりになってから、変なの、と笑っていたことだけは覚えている。

「そう。はるちゃんも自分の勉強で忙しいのに大変ね。時間を割いてくれるんだから、しっかり感謝しなきゃだめよ」

「分かってるよ」

冷蔵庫を開けると、ひんやりとした冷気が火照《ほて》る顔を優しく撫でた。取り出した麦茶は昨晩作ったのか、容器になみなみと入っていて、傾けると流れたそうに涎を垂らすので、流れを堰《せ》いている蓋《ふた》を開けてみれば、開放の喜びから忽《たちま》ちグラスをいっぱいに満たした。

入れすぎたと、少し啜《すす》りながら母の隣に腰を掛ける。さらに一口二口と飲んでからテーブルに置くと、太陽の光を吸い込んだ麦色が涼しく爽やかに輝いた。

訊けば高校野球は二回戦まで進んでいるらしい。すると敗退した幾つかの高校は既に地元に帰ってきているのだろうか。青春の全てを捧げて頑張ってきたことが、たった一度の敗北で終わる学生スポーツの残酷さがどうも苦手だった。娯楽の一つとして割り切って楽しめればいいが、敗退した者の悔しそうな表情や涙を見るとこっちまで酷く締めつけられ、そんな気には到底なれなかった。

「母さんは応援している高校とかあるの？」

「県代表はやっぱり応援するわね」

「そっか。優勝するといいね」

「もうとっくに一回戦で負けてるわよ」

母が悔しそうに煎餅《せんべい》を齧《かじ》った。乾いた固い音が寂しく鳴る。

何も言えなくなり、黙って暫く観戦する。素人目からしても実力差は大きく、それが点数に表れているばかりに、見ていてやはり気分がいいものではなかった。ましてや本人たちは本気ながら、それを暇潰しに見ては失礼か、と自らの行いを不躾《ぶしつけ》に思い、自室に戻ろうと席を立つと、母が僕を呼び止めた。

「今日も十三時から?」

その問いに頷く。すると母は立ち上がってカウンターに置かれた鞄から財布を取り出すと、中から千円札を抜き出し、このお金で何かお菓子を買ってくるよう言った。時間を見ると既に十一時を過ぎていて、昼ご飯を思うと少し急がなければ、と母から千円札を受け取ると、残る麦茶を勢いよく飲み干した。

居間を出る間際、テレビに映った球児の顔は、長い守備を終えて疲れているはずなのに清々しく笑い、点差があまりにも開き過ぎて逆転するには難しいはずなのに、その瞳にはまだ勝ちを諦めない強い色を宿していた。

鞄と財布を取って家を出れば、ようやく日を直接認め、その日差しの強さに早速心が折れそうになる。せっかく汗を流したというのに、歩く側から汗が滲むのを感じる。自転車のパンクを直しに行けばよかった、と憮然《ぶぜん》としながら歩くうちにスーパーの看板が見えた。

スーパーは地域住民が挙《こぞ》って買い物をするだけあって、自動ドアを潜れば食品も色鮮やかな野菜が所狭しと並び、各地から集まった薄赤い生肉が色気を出して主婦を誑《たぶら》かしていた。久し振りに来てみれば、お菓子の量も以前より増えていて駄菓子も僅かにあった。

これだけ豊富に種類があると、どうもセンスを試されているようで迷ってしまう。一人用や手の汚れるスナック菓子は候補から外すとして、それでも全く減らない。選択肢が多過ぎるのも考え物である。

　全く決まらずあれこれと悩んで、そろそろ時間が気になって焦り出したとき、不意に後ろから声を掛けられた。僕を苗字で呼ぶ人など、先生くらいしかいないのに、と驚いて振り返ってみると、矢野くんが男二人を脇に置いて立っていた。実に終業式以来、およそ二週間ぶりのことであった。

「久し振りじゃん」

「お、お久し振り」

「何ずっと突っ立ってんだ？」

「え、えっと……、来客用のお菓子をどれにしようか悩んでて……。矢野くんは？」

「俺は明日のバーベキューの買い出しに」

　彼の横で他二人がスナック菓子を次々とカートへ入れていく。彼らもまた見たことがある。一人は確か一年生の頃同じクラスだった気がするが、確かではない。

「そっか。夏休み満喫してるね」

「まぁ高校最後だからな。部活も終わったし、やりたいことをとことんやってやろうかと」

僕らの高校生活はもう折り返しを十分に過ぎ、訪れる幾つもの最後を惜しいと数える。けれど彼のように、限りある時間の中で思い出を少しでも多く刻もうと奔走できる人は、一体どれだけいるのだろうか。迸《ほとばし》る活力を以て友達をも巻き込み、叶えんとする。好遥と似たものを感じる彼の充実した笑顔が羨《うらや》ましく、僕には色めいて見えた。

いい思い出になるといいね、と言ってこれ以上残る二人を置いては申し訳ないと適当にお菓子を取って去ろうとすると、

「もし明日暇だったら来いよ」

クッキーの箱を摑んだ手が止まる。

簡単な言葉なのに理解が追いつかず、放心するばかりで咄嗟《とっさ》に返事が出なかった。肉も多めに買うつもりだから栗村も来いよ、と矢野くんはさらに言葉を重ねた。思わぬ誘いに僕は悦《よろこ》びから心が浮くも、けれど明日予定があるから、とすぐさま誘いを断った。

行きたい気持ちは強くある。きっと参加すれば矢野くんとの友好は深まり、更に知らない人と出会い、輪の広がる機会が設けられたことだろう。それは今の変わろうと

する僕が求めていたものであった。けれど明日は大事な自習日である。復習に重きを置くこの日の具合で今後の進捗が変わるために、遊びに行くわけにもいかず、また遊んでは勉強に付き合ってくれる好遥に悪く思った。

「そっか。急に誘って悪かったな。次はもっと前から誘うからしっかり空けておけよ」

「本当にごめん。明日楽しんできてね」

強い気持ちを抑えるのは辛く、心的負担からか胸がキュッと痛む。

おうよ、と矢野くんは快活な笑みを見せると、カゴ一杯に材料の入ったカートを押していく。きっと彼と次に会うのは秋の匂いが仄かに香る教室の中だろう。そんなことを思っていると、角を曲がろうとしたところで不意に矢野くんが早足で戻ってきた。

「どうしたの？」

何か買い忘れたものでもあったのだろうか。

しかし彼は菓子棚に目もくれずにポケットから携帯を取り出し、それを僕へ突き出した。

「いや、思えば誘おうにも栗村の連絡先知らねえじゃんと思って」

どうやら連絡先を交換したいらしい。僕の携帯には親と好遥と塾の連絡先しか入っておらず、また殆《ほとん》ど連絡をしたことがない。最後に使用したのは、ドーナッツ屋へ寄ると母に伝えたときである。携帯は緊急時に使用するものという認識からその機能を殆ど知らず、そのために連絡先の交換の仕方も分からぬまま取り敢えず携帯を取り出したものの、まごついて呻いているうちに矢野くんの手に渡り、それは行われた。手元に戻った携帯の電話帳に矢野くんの名前が浮かぶのを見て、言葉にならない喜びが込み上がった。

じゃあまた後で連絡するわ、と言い残して矢野くんは足早に立ち去った。お菓子コーナーの角で待っていた二人が去り際に頭を軽く下げたので、僕もまた会釈する。ただそれだけの挨拶《あいさつ》に、けれど薄く細い繋がりを感じた。どうやら酷く心が浮ついているらしかった。

矢野くんたちの姿が消えてから、悩みに悩んで抹茶味のスポンジケーキとバタークッキーを一袋ずつ買って家に戻ると、軽快な刃音が僕を出迎えた。台所にいけばそれは母がキュウリを短冊状に切っている音で、既にボウルの中には同じ形のタマゴやハムがあった。どうやら昼食は冷やし中華のようだ。

「お釣り置いとくよ」

「おかえり。遅かったじゃない」

「何がいいか悩んでた」

「まぁあそこはこの街の冷蔵庫なだけあって色々あるからねぇ」

「それ誰の言葉？」

「お母さんよ」

「どうせ、また広告とかでしょ」

「そんなことも書いてあったかもね」

いいから手伝って、と言われたので手を洗って戻ってきてみれば、母は新たなキュウリを切り始めていた。ボウルに入っている具材を改めて見て、やはり冷やし中華だと確信したものの、量が普段より多いように思い訊けば、いつもと同じよ、と調子変わらず言うので、お皿に盛りつければそんなものなのか、と食器棚からいつも冷やし中華のときに使用するお皿を二枚取り出しカウンターに並べる。

母は慣れた手つきで鍋の中身をメッシュボウルに流し込むと、網目《あみめ》に掛かった中華麺を冷水に浸し、手でかき混ぜ含む熱を逃がした。そして艶を纏った麺をお皿に盛ろうとする寸前、ピタリと手を止めた。

「あれ？　一枚足りないじゃない」

並ぶ二枚のお皿を見て怪訝《けげん》そうに言う。

我が家は三人家族ながら、父は今仕事に出掛けている。そのために二枚で十分と思っていたが、父が帰ってくるのだろうか。稀《まれ》に営業で外回りをしていると、ご飯を食べに一時帰宅するときがあるので、僕が買い出しに出掛けている間に連絡があったのかもしれない。すると僕はそれを知らず母が伝え忘れたわけであり、そんな顔をされても困る、と不満に思いながらもう一枚皿を出す。

「父さん帰ってくるなら言ってよ」

「あら、言ってなかった？」

「うん、聞いてない」

「まぁいいわ。そろそろはるちゃん来るからお皿出しといて」

自分の声帯が低く震えた。思わぬ名前に、脳内で幾度となく巡る。だが何度巡ったところでまるで飲み込めず、得心させるため改めて訊くと、顔を顰めてまた好遥の名を言った。

焦燥感が募る。まだ部屋の片付けも、ましてや外に出て汗も掻いたままである。

「何で？」

「何でって失礼ね。いつも勉強付き合ってくれてるんでしょ。たまにはお礼しないと。

それに私もはるちゃんとお話ししたいし」

「でも急に言ったら小林さんのお母さんも困るでしょ。お昼の準備してただろうし」

「雪《ゆき》ちゃんなら今日手芸の教室に行ってるって。はるちゃん誘ったら喜んでたわよ」

いいから盛りつけ手伝って、と母に頼まれたがそれどころではない。今すぐに迎え入れる準備をしなければならず、そのために母に断りを入れようとしたとき、来訪を知らせる高音のチャイムが鳴った。

「ほら、あんたがうだうだ言ってる間に来ちゃったじゃないの。もうこっちのことはいいから玄関開けてきてちょうだい」

「何でもっと早く言ってくれないのさ！」

「いいから早く迎えにいってちょうだい」

「準備とか色々あるのに！　部屋も掃除してないし、帰ってきたばかりで汗臭いし」

「男の子が何言ってんの。ほら外で待ってるから早くいきなさい」

「いや、でも……」

「いいから早くいきなさい！」

ピシッと強く一喝され、居間を追い出される。

廊下を歩きながら、匂いは果たして大丈夫だろうか、と服や腕を嗅いでみても汗臭さは感じなかったが、人は自分の匂いには鈍いというので全く信用ならず、母に確認したくてもまた怒られるのが目に見えて分かるので、代わりにと下駄箱の上に置いてある芳香剤スプレーを不安が拭えるまで何度も宙へ吹きかけ、舞い落ちるミストに存分と浸ってから玄関を開けた。夏の日差しに目が眩む。

「おはよ」

未だ白く霞む目を細め焦点を合わせる。

夏空と同じ澄んだ水色のシャツと、膝丈ほどあるレースのような白いスカートという格好をして、好遥が暑さを感じさせない爽快な笑顔で立っていた。外は相変わらず暑く、白くて細い首筋に珠《たま》のような汗がツーッと一粒滴り落ちて、襟の奥へと光の筋を残しながら消えていく。それでも混じり気のない清涼感のある笑顔でさらりと立つ可憐な姿は、映画で観た古き西欧の貴婦人、もしくは避暑地に暮らす裕福な子であろうか。何にせよ、とても貴く気高いものに思えた。

「……おはよう」

「寝てたの?」

「ううん、今帰ってきたところ」

「そうだったんだ。お散歩?」

「ちょっとスーパーまで買い物に」

「あら、お手伝いだなんて偉いじゃない」

実際は違うも、えらく感心したように何度も頷くので否定できなかった。

「とりあえず、中に入って」

「お邪魔しまーす」

急いでサンダルを脱ごうとするも間に合わず、扉が閉まる音がした。

タイルが均一に敷かれた三和土《たたき》は大人が二人並ぶには少し窮屈ながら、けれど好遥は毎回昔の感覚のままに閉めてしまうために、背に好遥を感じ緊張する。

「鍵は上だけでよかったよね？」

耳のすぐ側から聞こえた好遥の声は、平静そのものだった。

あまりの近さから、もしかしたらこの緊張感が伝わっているのではないかと思うと、彼女が落ち着いている分、自分が浅ましくて惨めな人間に思えてくる。いや、実際そうなのだ。これ以上、不誠実でありつづけるのはよくない。好遥も感じれば不快に思うことだろうし、なにより自分自身がより嫌いになる。

「上だけで大丈夫」

「はーい」

サンダルを脱ぎ捨てながら言うと、好遥は軽く返事をした。鍵が閉まるのを背中越しの音で以て確認したので先へ行こうとすると、ちょっと待って、と呼び止められたので振り返ってみれば、好遥は床に腰を掛けたところで、サンダルを脱ぐと器用にその場で足を畳《たた》み、すぐ脱ぎ散らかして、とさっきまで僕が履いていたサンダルまで綺麗に揃えた。薄くて草臥れた黒いサンダルと、少し高くて張りのある藁色《わらいろ》のサンダルが行儀よく並ぶ。

「もう、歩はまだまだ子供なんだから」

立ち上がった彼女の顔は、きめ細やかな肌を滲む汗でしっとりとさせ、夕立に花弁を濡らしたすみれのような、慎ましい美しさの中に大人の余裕を含む笑みを浮かべていた。

時間に残され、仄かな石鹸の香りの裡に暫く惚《ほう》けていたが、確かに子供っぽかったかと、今更になって自らの品の無さを恥じて謝る。けれど口にしながら自分が何に対して謝っているのかよく分からなかった。サンダルを脱ぎ捨てたことを謝りたかったはずなのに、自らの不誠実さに対する謝罪の比重が重かったようにも思う。そしてそのどちらを漉《こ》し取っても、言葉にならぬ思いがその謝罪の裡にはまだあるようにも思えた。

胸奥にある不明瞭なそれを何かと思ううちに、ふと好遥が気まずそうに顔を顰めた。彼女は始めこそ言い淀むも、けれど意を決して何度も、本当にちょっとよ、と念を押すと、

「ちょーっと芳香剤の匂いがきついかも」

と言った。

蠍《さそり》の火とは異なる賤《いや》しい炎が、瞬く間に全身を遍《あまね》く包み込んだ。


風呂から上がって部屋へ戻れば、机と本棚の隙間に敷いた座布団の上に、ちょこんと好遥がお人形のように可愛らしく座っていた。机の上には既に勉強道具が広がり、纏められた消しゴムのカスも見える。どうやら待っている間、先に勉強をしていたらしい。

「んー、おかえり」

「ただいま。って、好遥に言われるとなんか変な感じがする」

好遥は立って僕の前まで来ると、小ぶりながらも整った鼻をすんすんと鳴らした。

「もう芳香剤の匂いしないね」

匂いを指摘されたあと忸怩《じくじ》たる思いで食卓に着くと、母もまた同様に苦言を呈《てい》した。

額を大時化《おおしけ》のように荒々しく皺《しわ》を波立たせながら、うちのバカ息子がごめんねと謝る母に、大丈夫ですよ、と好遥は答えたが、その気遣いが却って肩身を狭くさせた。

こんな恥ずかしい思いをするのなら、汗臭いままのほうがまだましのように思え、けれどそれは想像するとやはり堪え難かった。お使いを断り、家の余り物を出すべきであったか。だが芳香剤を被ったあとでは、幾ら後悔したところで取り返しようもなく、ただ気落ちするばかりで、あまりの居心地の悪さから急いで冷やし中華を平らげると、着替えを持って浴室に駆け込み、忘れたい一心から垢すりで全身を強く擦って芳香剤の匂いを洗い流した。嗅げばボディーソープの香りが薄くしたものの、けれど肝心《かんじん》の苦々しい記憶は脳裏にこびりついたままであった。

「嗅がないでよ……」

「あら、いいじゃない別に」

悪びれた様子なくしれっと言う。けれどすまし顔の口許に薄い笑みが含まれていて、どうも僕の嫌がる反応を見て楽しんでいるようであった。触れられたくないのに、嫌であるはずなのに、彼女の無邪気な笑みを見ると途端にそれも悪くないと思えてしまう。あまりに澄みやかで、過ぎるほど心が表れているばかりに、そんな笑顔を向けられては悪感情も湧かず、つい朗《ほが》らかな気にさせられる。本当に彼女はずるい人だ。

「いいから早く勉強会始めよ」

好遥は小さな微笑みを残して元のいた座布団の上に膝を立てて座ると、愛おしそうにそれを抱えた。純白な薄衣《うすぎぬ》を幾重にも重ねたスカートが、胸元へたくし込んだ膝に引っかかる。するとスカートが乱れて、細くてすっきりとした健康的な太腿が付け根の辺りまで無防備にも剝き出しになったので、慌てて視線を逸《そ》らした。

柔らかで瑞々《みずみず》しい曲線美に視線が吸い込まれないよう必死に抗いながら正面に座って机に勉強道具を広げる。けれど小さいばかりに一人分を広げるスペースがなく、ノートの片ページがダリの時計のようにだらりと垂れた。

塗装が所々剝がれた机は、小学生の頃に母と行った地元のバザーで見つけたもので、これはいい、と秋の匂いを風に感じながら二人で持って帰った思い出深いものである。愛着はありながら、けれどもう大人の体には小さく、ずっと前から新しく勉強机が欲しかったものの、両親には伝えられないために未だに使い続けていた。

「今日はそっちに座るんだ。ベッドを背もたれにしなくていいの？」

「そっちに座ると狭いし、ね」

嘘ではない。けれど本当の理由は別にある。

露わになった白い肌を見た途端、はしたなく卑しい劣情がドロドロと罪深く湧き出て、執拗《しつよう》に魂に絡みついた。その罪は火で炙るなり水に沈めて禊《みそ》ぐなりして穢《けが》れを拭い、許しを希《こ》うべきなのだろう。けれど人間が小さい自分には、好遥を裏切るような告白を口が裂けても言えず、異なる理由を用いて偽り、また罪を重ねた。

「ふーん、そっか」

彼女は特に意に介する様子なく返事する。

胸に痛みが過る。それは最近どこかで感じたものによく似ていて、けれどそれがいつ感じたものかは思い出せなかった。

芳香剤のことや彼女の艶めく太腿が隙を見ては脳を占めようとするので、それからは会話もなくひたすら無心になって問題を解き続け、気づいてみれば窓から差し込む光が淡い黄金色に変わっていた。

「ねえ、話しかけてもいい？」

徐に彼女がそう言うので頷いてペンを置く。

「今日の歩はなんかいつもと違うね。鬼気迫るっていうのかな。全然手を止めないで集中し続けて本当に凄いわ。この調子なら次の判定はいい結果出るんじゃない？」

「そうだと嬉しいけど」

「歩なら大丈夫よ」

蕾《つぼみ》が花開くように微笑むので、本当に質《たち》が悪いと思った。否応なく人を奮わせ勇気づけその気にさせてしまう。誑かされているのだと自覚しながら、それでも胸に灯ったやる気は衰える様子がなかった。

「そういえばスポンジケーキ美味しかったわ。どこで売っているのかしら」

「スーパーのお菓子売り場に置いてたよ」

「これ歩が買ってきたの？」

頷くと好遥はそれだけで全てを理解したらしく、朝の買い物はこれを買いに行ったのか訊いてきたので、また改めて頷く。

「ごめん……、てっきり日和《ひより》おばさんが用意したものとばかり思ってたわ。ありがとうね」

「いいよ、別にそんな改まって……」

「でも本当に美味しかったわ。きっと歩にはお菓子選びのセンスがあるわね。将来そういう職に就いてみたらどうかしら？」

「何その職。お菓子を選ぶ職業とか、需要なくてすぐ廃業になっちゃうよ」

「あら、私は毎週仕事の依頼をするわよ？」

「好遥だけだと生計が成り立たないでしょ」

「まぁそれもそうね」

「それに今日だって選ぶのに凄く時間が掛かったから、たとえ依頼が沢山来ても一日三件くらいが限界だよ」

「まぁ、なんて恐ろしい！　そんな商売なぞウラル山脈の果てへ投げ捨ててしまえばいいわ！　何をぼんやりとしているの。さぁ、早くなさい！」

「何その話し方。まるでロシア文学に出てくる公爵夫人の科白《せりふ》みたい」

胸を張り気取ったように道化してみせる姿が妙に堂に入っていて、たまらなく可笑しくなって笑いが溢《あふ》れる。すると好遥も道化を解き、唇から真珠のように雅《みやび》な歯を零《こぼ》して笑った。人にあまり見せない天真爛漫《てんしんらんまん》さがいつも以上に表れているようで、つい嬉しくなる。

「そういえばさ、お菓子を選んでるときに矢野くんに会ったんだけど、なんでも明日学校の人たちでバーベキューをするんだって」

「へー、どこでするの？」

「そこまで聞いてなかったけど、結構買い込んでたよ」

「まぁ順当にみなみ川かしら。いいなぁ、バーベキュー。私も久し振りにやりたいな」

「最後にしたのっていつ？」

好遥が徐に天井を見上げる。すると黒く澄んだ瞳が照明を浴びて一段と光った。

「そうね……。小三の夏、かな？　歩と家族みんなで一緒に遠出したのが最後だと思うわ」

「そうなんだ。友達と結構してるのかな、って思ってた」

「全然よ。やっぱり女の子だけだとカフェとかお買い物になるしね。歩は？」

「僕もあれから行ってないや。大分《だいぶ》昔過ぎてあんまり覚えてないけど」

「じゃあ一緒ね。でも私はよく覚えてるわよ」

細まる瞳に郷愁が宿る。愛おしそうに甘くなる声に、耳が、心がくすぐったくなり、差し込む西日が彼女を金色《こんじき》に照らすばかりに、この世非《あら》ざる美しさに目も心も寄せられる。

「歩が青い海パンにグレーのTシャツを着ていたこととか、恥ずかしがってずっとTシャツを着たままだったとか、白いサンダルの上にタレの入ったお皿を落として茶色く染色したとか。どう、思い出した？」

「あー、そうだったね。あれ前日に買ったばかりなのに汚れたから悲しかったなぁ」

「今にも泣き出しそうな顔して、日和おばさんのところに駆け寄って」

「そのあとどうしたっけ？」

「もう履きたくないってサンダル脱ぎ捨てて裸足で遊んでたわよ。日和おばさんに危ないから履きなさいって散々言われても、頑《かたく》なに履こうとしなかったわ」

「よく覚えてるね」

「歩のことだもん。覚えているわよ」

真っ直ぐな瞳が琥珀《こはく》に煌《きら》めく。

気持ちを口にするのは魂の裸身《らしん》を晒すと同義で酷く恥ずかしいことである。そのためについ誤魔化《ごまか》したり嘯《うそぶ》んだり嘯いたりして幾重にも衣を重ねてしまう。けれど裸身ながら羞恥心を持たぬ赤子のように、好遥はしばしば心を剥き出しに言葉を紡《つむ》ぐ。瞳のように曇りなく真っ直ぐと。その都度、畏《おそ》れにも似た憧憬《しょうけい》を抱かずにはいられなかった。それから僕は嬉しいのに恥ずかしくて、こういうときはどんな顔をしたらいいのか、どんな言葉を返したらいいのか分からず、ただ闇雲に表現しようとしては滝《たき》壺《つぼ》に嵌《は》まる流木のように何度も躊躇《ためら》いから飲み込んだ。今もまた言葉を反芻《はんすう》していると、好遥が不意にくすっと笑った。

「なに、さっきからその顔。変なの」

「……そんなこと言わないでよ」

「ふふっ。他にもまだ覚えているわよ」

そう言うと、楽し気に人差し指を指揮棒のように振るって続けた。

「苔に足を取られて転んだり、高い石の上から飛び降りれなくて、その場で座り込んだり」

「そんなこともあったね。情けない」

「でもね、川の小石で足の裏が痛いって言ってたのに、私のサンダルが流されたとき、必死になって取りに行ってくれたのは凄く嬉しかったし、すっごく恰好よかったわよ」

思い出がお気軽な旋律に乗って届く。

好遥の醸す牧歌的で円《まろ》やかな空気感は、赤子を抱える母のように優愛で抱擁《ほうよう》的で、俗世《ぞくせ》のしがらみからは遠く離れたものでたまらなく好きだった。一度抱かれればくすんで詰まった心がすっと腹底まで抜けてゆき、旋毛《つむじ》から清水《しみず》が湧き出《い》でて静かに穢れた肌の上を滑らかに滴り落ちて行くかのように全身が澄み切って、下卑《げび》た自分でも清い何かに生まれ変わったかのように思えてくるのだ。

しかしそれでは願いが叶わないことを僕は知っている。ドーナッツ屋の帰り道に思い描いた青写真を叶えるには、僕もまた彼女のように不浄な夜気《やき》に身を委ね、その上で無垢《むく》であり続けなければならない。まだ僕の身は夜気に晒されず、スタートラインにさえ立てずにいる。それでもいつかは――、と夢を見ずにはいられなかった。

「本当にたくさん覚えてるね」

「まあね」

満足そうに笑う好遥につられて僕も笑う。

ひとえに記憶力がいいだけなのかもしれない。彼女の頭脳を以てすれば、日常の些細な事象でさえ記憶するに容易いのかもしれない。それでも彼女の言葉が狂った燕《つばめ》のように脳内を旋回《せんかい》し、僕を見当違いな方向へと導こうとする。胸に燈った蛍火は淡く、仄かな熱が僕を柔らかに締めつけた。

沈黙が落ちる。

けれどすっかり乾いたコップと違い、心は温かなものに満たされ大変穏やかであった。

容器を手に取り、お茶を注ぐ。それはするすると口から流れ、瞬く間にコップを満たした。朝にはなみなみとあったのに、気づけばもう殆ど残っていなかった。

「好遥さ、明日バーベキュー行ってきなよ」

「え、どうして」

「矢野くんがおいでって」

「それ歩が誘われたんでしょ？」

　私が行くのは変よ。そう言うと好遥は残るスポンジケーキに手を伸ばすも、途中で手を止め引っ込めた。どうやら夕食を気にして食べるのを止めたらしかった。

「そう？　問題ないと思うけど」

「それに連絡先知らないわ」

「それなら僕が代わりに伝えておくよ」

「……連絡先知ってるの？」

　なぜ彼女は酷く驚いているのだろう。丁寧に一言ずつ置くように言った声は、いつもよりも低かった。だが確かに僕と彼との関係の浅さを思えばそれは無理もないように思えた。

「あ、うん。今日会った時に交換したんだ」

「そうなんだ……。歩は行かないの？」

　先ほど諦めたスポンジケーキにまた手を伸ばす。今度は躊躇いなく掴むと袋を破ってそれを一口に千切って口に入れた。

「僕が行くと気を使わせて迷惑かけちゃうからね。それに明日は自習日でやりたいこと多いし、断ってきたよ」

「……迷惑なことないと思うんだけどな」

「また誘ってくれるって言ってたし、僕のことは気にせず行ってきなよ」

好遥は何か考え込むように目を瞑ると、そのまま暫く黙り込んだ。彼女のことだからきっと僕に悪いと思っているのだろう。人のことばかり思わずに、もっと魂になぞって決めてくれればいいのに。そう思っていると、行ってみようかな、と小さく呟くのを若い耳が捉えた。けれど言葉はそれに留まらず、それから小さく短く息継ぎをすると、

「でも歩も一緒よ」

と言った。想像もしていなかった言葉に上ずった変な声が漏れる。

「えっ、ど、どうして……？」

「だってそのほうが楽しいもの」

好遥がすっきりとした顔をして笑うので、さては先ほどの沈黙はどうやったら僕の気持ちを覆せるかを思案していたのだな、と今になって分かった。どういう道筋を辿ってそうなったかは分からないが、胸中の広がりを思えばどうやら正しかったらしい。心は確かに彼女の言葉で揺れていた。

「そう、お願い。だめ？」

「で、でも自習が……」

「その分私が教えてあげるから……ね？」

「んー、……分かったよ」

　この決断が正しかったかは分からない。それでも好遥のお願いを易々《やすやす》と断るわけにもいかず、何よりここで断ったらいつまでも変われない気がした。だがやはり勉強するべきだったのではないか、と決断したうちからもう心が野良猫のようにふらふらと彷徨《さまよ》い始める。道を間違えたのではないかと迷子のように忽ち心がか細くなり怖れに飲まれる。けれど彼女がいればそれでも進むことができる。間違えながら迷いながらでも、今はそうして少しずつ色んなことを知っていければいい。近いいつかの自立を願いながら。

　好遥は初めから答えが分かっていたのか、驚く様子もなく大変穏やかに微笑んだ。

　一緒に文章を作成し、矢野くんに参加連絡を送る。返事は一分ほどで返ってきた。時間の割に長文で、送り先の気持ちが伝わる感情的な品のない文章。けれどそれを見てすっと全身の力が抜け、いよいよまともに座っていられなくなりベッドに倒れ込む。

　あぁよかった。慌てた様子の好遥を余所目《よそめ》に思う。断られるかと内心酷く怯《おび》えていた。送るべきではなかったと、決断を悔いさえした。待っている僅かな間、胴の長い小さな節足動物が体内を蠢《うごめ》きながら小さく鋭い歯で肉を食らっているかのような、重々しい不快感とけたたましい痛みに襲われ、断られた際にはこの節足動物がいよいよ肉を食い破り飛び出てしまうのではないかと思われた。恐怖から冷や汗や嘔吐《おうと》感が表れ出し、携帯が震えたことからそれが増長されただけに、その気の抜けた馬鹿っぽい内容に思わず笑わずにはいられなかった。まさかここまで喜んでくれるとは——。

「歩、どうだった?」

いつだって初めの一歩目は苦い。走ることだってそうだった。けれど繰り返し熟《こな》していくことで、いつしかその苦みも当たり前に受け入れられる日が来る。そのときにはきっと僕は理想に近づいていることだろう。

心配そうにする好遥に、僕は満面の笑みでピースサインを送った。

部屋に戻るなり手にしていたビニール素材のリュックを床に放り投げると、ベッドへ倒れ込んだ。ふわっと上半身を柔らかな感触が包む。仄かに香る生暖かな自分の匂いが鼻をくすぐり、深い眠りを誘った。床に残された脚もベッドまで運べたら、さぞ心地いいことだろう。だがもう動けそうにない。ここまで疲弊したのはいつ振りだろうか。きっと小学生以来のことで、けれどあまりにも昔過ぎて初めてのことのように思えた。

今日はとても楽しかった。

川辺で焼いた肉は瑞々しくて美味しかったし、底まで透き通った清澄な川は飲料水やスイカを冷やすには最適で、冷たくて気持ちが良かった。緊張したが気不味い空気にならず話すことができた。勿忘草色《わすれなぐさいろ》に染まる空に萌黄色《もえぎいろ》に艶めく若葉。あの場で起こったこと、その一時に至る全てが燦然と輝いていた。

行ってよかったでしょ、と彼女は言ったが、本当にそう思う。行かなければ体験できないことばかりで、願いの成就の兆しさえ見えなかったことだろう。それは却って毒である。今日遊んだことで、好遥との約束からは少し遠のいたかもしれない。けれど理想への大きな一歩を踏み出し、それでいて彼女が遅れた分手伝ってくれるというのなら、何ら悪いこともなく、寧《むし》ろいいこと尽くしであった。

瞳を閉じる。白む視界の中、濾過《ろか》された雫のように美しく静謐《せいひつ》な彼女の笑みが浮かぶ。それはいつだったかと思い馳せ、すると先ほどの言葉に対して僕がお礼を言ったあとに見せたものであったと思い出す。同じ気持ちでよかった、と彼女は笑ったのだ。

雲のない抜けた夜空が被さる風のない街灯頼りの薄暗い夜道。僕らの足音と虫が街灯に当たる小さな衝突音が時折聞こえるばかりの、夜のしじまに包まれた穏やかな時間。だがあのときの心中は騒がしく、込み上げる熱に思考は散り何も返すことができず、狼狽《ろうばい》していることを悟られぬよう顔を闇に埋めるのがやっとであった。今も思い返すだけで胸が熱くなる。タオルケットを摑んで寄せると、そのまま顔を沈める。するとようやく瞼の裏にも夜が落ちたが、息苦しさからすぐに顔を横向けに戻す。だがなぜか息苦しいままで、肺が圧し潰されているからに違いない、と仰向けに体勢を移そうとするも、投げ出したままの足が机に当たって痛みから押し戻される。

「明日筋肉痛だからって、勉強会に来ないのはダメだからね」

別れ際に言った彼女の言葉が耳に蟠《わだかま》る。

明日には疲労は抜けるだろうか。今日はどうも勉強ができそうにない。いやひと眠りしてから取り組むか、諦めて朝早くから取り組むか。どちらがいいかを考えたくても、ゼンマイが伸びきったブリキの玩具《おもちゃ》みたいにベッドに横たわる僕にはその気力もない。それでも寝てしまわないようにと、懸命に重い体を今度は反対に倒して仰向けになる。

蛍光灯の光に目が眩み、思わず手で遮る。

――川でも同じようにこうして太陽の光を遮っていたっけ。

けれど部屋に光を齎してくれる蛍光灯に、あのときのような体を内から燃やす熱さも、皮膚を射る痛みもない。あるのは小さな部屋を照らすだけの命のない冷たい光だ。だがそれで正しい。何ら間違っていない。もし太陽と同じような熱さと痛みがあれば、快適に過ごすことはできないだろう。だからこれでいいはずなのだ。それなのに光を遮る手に、あのジリジリとした感覚を得ないことが、改めて楽しい時間が過ぎてしまったことを否応なく知らせ、物足りなさと寂しさを募らせた。

人を知るところも一人を切なくさせるのか。

去年までと今年は違う。好遥との勉強会を始めとして、矢野くんと仲良くなり、飛び入りでバーベキューに参加した。きっとこうした出来事はこれからも増えていくのだろう。そして卒業式を迎えたときには、一体どれだけの思い出を抱えているのだろう。そしてそのときの僕は今とどう変わっているのだろう。

好遥みたいに僕の世界も美しく彩られていたらいいなぁ――。

意識が遠のく中、霞んでゆく手のひらを見つめながら、ふとそう思った。

翌日の早朝、好遥からメールが届いた。

『筋肉痛で動けないので、今日は勉強会なしでお願いします』

僕もまた体中が悲鳴を上げて動けそうにないので、自習になってよかったと心底思った。

四

廊下を歩いていると不意に声を掛けられた。

振り返れば好遥《こはる》が教室から胸上を出してこちらを覗いていた。胸の前には最近読んでいるという英語の小説を抱えている。

「鞄《かばん》持ってどうしたの？　具合でも悪いの？」

どうも始業前に鞄を持って教室と反対方面へと進む僕を見つけ、心配で声を掛けたらしい。彼女のいる教室はドアが開放されていたが、後方を過ぎたのはほんの僅かな間で、前方に至っては未だ過ぎていない。その一瞬の、それもあまり目を配らぬ後方ドアを前触れなく過ぎる僕を捉《とら》えるなど果たして可能か、と不可思議に思うも、けれど人と隔てられた猛禽類《もうきんるい》特有の敏い動体視力と視野の広さも、彼女の無欠さを鑑みると、途端に種族の隔たりを越え、彼女の特質した無欠の内に収まった。

僕は彼女の心配に答えて、登校したら女生徒らが教室で何やら楽しそうに騒いでいて、その内の一人によって自席が使われていたので、声を掛ける勇気がないためにどこかで時間を潰すつもりだと言った。すると自ら抱いていたものが杞憂《きゆう》と知ってか、彼女の表情が安堵《あんど》の色に染まると、すっと駆け寄ってきて、私も一緒に行く、と言った。

「行く当てはあるの？」

彼女の問いに唸《うな》り声で返す。

初めに脳裏を過ったのは図書室であった。いつも人気がないので最適と思われたが、朝は開いていないために候補を外れた。次に浮かんだのは中庭のベンチで、晴天で風も少しあるようなので心地よさそうであったが、廊下から丸見えで、今の時間一人で座るのはあまりに目立つのでこれもまた候補から外れた。声を掛けられたのは、さてどうしたものかと考えあぐねていたときであった。

「今の時間なら……あそこ、かな」

僕の様子を見て行く当てがないと悟ったのか、彼女はそう言うと僕の鞄の紐《ひも》を摑《つか》み、付いてきて、と好奇な目を向ける生徒の波を搔き分けて屋上に続く階段を上った。

既に三年の秋に差し掛かりながら、未だ屋上に足を運んだことがなかった。行く目的がないことも要因の一つであったが、何より屋上は人気の場で、特に昼になるとそこが込み合うことを、昼飯を召そうと屋上へ向かったものの、場所がないために仕方なく戻ってきた人らの落胆した姿を見て知っていた。

　昨今屋上を閉鎖する学校が増える中、けれど背の高い金網のおかげで最終下校時刻まで開放できるらしい、とは好遥の言葉だったか。そこへ行かぬ僕は一見その恩恵から隔たれていながら、しかし僕は僕でまた違った開放の恩恵があった。空からトランペットの音が降るのを、帰り際に何度か耳にした。高らかな張りのある音色が朱《あか》い天を巡る美しさはこの世のものならで、薄朱い一枚の翅《はね》のその渺々《びょうびょう》たる深い美に浸るとき、それまで縁遠いと思われた恩恵が、眼前の鮮やかな美の裡《うち》から耳目を介して身に及ぶのを感じた。

　僕と屋上との距離感はそうして何枚か挟むくらいが丁度よく、直截《ちょくさい》的に触れるのは人の多さから避けたかった。そのために好遥が屋上へ行こうとしていることに気づくと、いやに緊張が走った。そもそも人気のある場所になぜ行くのか。好遥の行動が理解できなかった。群衆に紛れれば心が安らぐとでもいうのだろうか。いいから、と頻《しき》りに彼女は言うが、それは僕にとって不都合でしかなく、けれど手綱のように鞄を引っ張られているために、いやいや足を進めるしかなかった。

　屋上のドアの前に着くと、見てて、と勢いよく開けた。途端、強い風が身体を打った。風圧に思わず目を瞑《つむ》り腕で顔を守る。しかし前髪は捲《めく》れ上がり根元が軋《きし》んで痛んだ。ようやく風が落ち着き仄（ほの）かな秋の冷たさが見えた頃、ほらね、と好遥の声がしたので、薄目を開けてみれば、彼女は大きく開いたドアの横で悠然と腰に手を当て佇《たたず》んでいた。

　ドアを潜ると陽に目が眩み、慣れから白濁の暈《かさ》が薄れると薄青色の床と大きな金網が現れた。左へ視線を流せばそれは真っ直ぐと伸び、陽光で白む貯水タンクを一番奥に認めた。なるほどここが人気の場所か、と思ううちに、どうも人がいないことに気がついた。

「びっくりしたでしょ」

　ドアを閉めた彼女は得意げに言った。

「どうして人がいないって知ってたの？」

「たまに朝来てるのよ。いつも人がいないから、今日もいないんじゃないかな、って。それよりもほら、あっち行きましょ」

　彼女に従って金網へ寄ると、町が遥々と見渡せた。奥には緑豊かな稜線が視界の端まで幾つも連なる。見ているうちに金網も山に溶け、不自由ない視界となった。空に流れる雲と並んで飛ぶ二羽の名も知らぬ鳥を目で追う。すると魂が実体を離れ、まるで自身も鳥のように空をのびのびと飛んでいる気になった。

「……どう、気持ちいいでしょ」

「そうだね、凄《すご》く気持ちいいや」

「春の始業式前に初めて来たんだけどね、桜、凄く綺麗だったわ」

　小高い丘の上から見る景色は壮大で、季節を帯びた姿を町のどこよりも楽しめるように思えた。だが夏は辛うじて掛かるも、寒気に沈む春の風光は僕から永遠と離れ、それが酷く惜しい。学校の敷地に沿って咲く桜は、落花による吹雪は、さぞ美しかったことだろう。

「ここに来るといつも心がすーって安らぐの。なんでかな。なんとなくだけど、景色があの丘の公園に似てるからかな?」

「そういえば、あそこの公園の展望台からの眺めもこんな風に町を見渡せたっけ」

　学校のある丘と駅を挟んで対に聳《そび》え立つ丘の頂上に、ひっそりとある公園を思い出す。小さいながら展望台もあり遊具も揃《そろ》っていたが、人里から少し離れていて、少し車で移動すれば大きな川の流れる公園もあったために、丘の公園はいつも人がいなかった。そこに併設された展望台からは町がよく見え、好遥のお母さんと同伴で流星群を眺めにいったときには夜空の星々がたいそう美しく大きく見えた。小学生の頃、その丘の公園は僕らの一番の遊び場で、けれど中学へ進学してからもうずっと足を運んでいなかった。

「まだあるのかな」

正面に見える丘の方を見ながら、好遥は懐かしそうに目を細めた。どうだろう、と答えると少し寂しそうな顔をして、その返事は意地悪よ、と少し怒ったように言うので慌てて謝れば、表情は忽《たちま》ち翻り、今度行ってみよっか、と目線を真っ直ぐ維持したまま微笑んだ。

「あー、やっぱ好きだな」

一人言が静かに風と過ぎる。敢《あ》えて返事をせず、流れる雲を眺めながらこそばゆい余韻《よいん》に暫《しば》し耳を傾けた。雲が丘を一つ過ぎた頃、好遥が何か言おうとする気配を感じた。

「勉強会だけど、今日行けそうにないわ」

「そっか。まぁ学園祭の準備もあるしね」

「あと明日も。ごめんね」

二学期になってから好遥は週に一、二度用事で勉強会を休むようになった。用事については何も話さないが、きっと推薦入試の準備で先生と話し合ったり、学園祭の出し物を決めたりと、彼女なりに忙しいのだろう。勉強会を休むたびに彼女は謝る。表情に一切の衰退を見せず、とても申し訳なさそうに。今も少し下がる横顔から、その色が見える。僕はそんな彼女を安心させたくて、頑張って頬を上げて笑ってみせる。

「大丈夫だよ。一人でもサボらずちゃんと勉強してるから」

「……うん、知ってる」

言って彼女は金網の向こうを見つめたままゆったりと優しく微笑むと、風に靡《なび》く横髪を耳に掛けた。風は逆向きなのに、なぜか甘い香りが鼻先を掠《かす》めた。

やはり彼女は笑っている顔のほうが幾分にも素敵で、何より似合っている。あとどのくらいこうしていられるだろうか。日が落ち切る前の金色《こんじき》の兆しを帯び始めた光が満ちる図書室で好遥と顔を合わせて勉強できる日は、あと何回残されているのだろうか。

高校生活はじきに終わる。僕らには未来の希望があって、それでもこの生活が終わることを想像すると心が重くなった。しかしその重さは今をしっかり楽しめている知らせであり、何も心動かなかった春までと比べてちゃんと変われているのだと、すぐ不安に揺れる若い心を励ました。

「そういえば、歩《あゆむ》のクラスは出し物決まった？　すごく揉めてるって言ってたけど」

「んー、それがまだなんだよね。矢野くんと関口さんが揉めちゃって」

「準備もだけど、期限大丈夫？」

「金曜日だっけ。あと三日か。それまでには決まると思う」

「そっか。出し物によっては準備大変だから、早く決まるといいね」

「まぁ好遥のクラスと違って売店系だから、準備は大丈夫そうかな。そっちはどう、ジュリエット役は大変？」

好遥のクラスが演劇でロミオとジュリエットをすると聞いたのは、つい先週のこと。まだ夏休みボケが抜けず、寝惚《ねぼ》けた頭でようやく登校すると、教室で矢野くんが騒いでいたのである。配役もそこで耳にした。どうも演劇部部長が好遥と同じクラスにいて、その子が推したらしい。ロミオ役も女子人気の高い石田《いしだ》くんが務めるらしく、瞬く間に広がり、まだ一カ月半近くあるというのにすっかり学校中の話題になっているようだった。噂《うわさ》しているのを耳にするたび、好遥が期待されているのだと、自分事のように嬉しくなった。

「私よりみんなのほうが大変よ。でもみんな凄く協力し合って頑張ってる。だからきっといいものができるわ。歩も観にきてね」

分かった、観にいくよ、と答える。今度こそ好遥は僕を見て笑ってくれた。

授業開始五分前の鐘が鳴る。それは足元から響くと、夢見がちな脳に重く突き刺さった。

放課後から一時間を過ぎても校舎が賑やかなのは、学園祭もあと二週間と迫っていることを思えば当然のことか。絶えず和気藹々《わきあいあい》とした声や作業の音がするために、図書室へ行くのを躊躇《ためら》われ、機会を窺《うかが》いながら読むうちにすっかり集中力が切れてしまった。もう暫《しばら》くと一文字も進んでいない。けれど目の置き場もなく、ずっと同じ文字を見つめている。

一人残る教室は至って静かで物音が潜むばかりに、教室に流れる時間は時計の針よりも鈍く緩やかに感じる。それに比べ、時間にも遠心力が働いているのか、空《から》の教室を占める外音の流れは速く、心と耳の狭間、精神と肉体の臨界点で大きく隔たり、輪郭の内に二つの時間軸が擦《こす》れ合いながらも共存してしまったがために、どうも気持ちが悪かった。

他のクラスが忙しく準備する中、僕のクラスは殆《ほとん》ど準備を終え、あとは屋台の装飾が残るばかりであったが、それも途中まで作られ教室の後ろにある。余裕を持って終わりそうなのは、受験勉強もあってあまり時間を使いたくないと、装飾を簡素にして手際よく物事を決めてくれた関口さんを始めとする女子のおかげである。だがこうして他のクラスの音を聞くと、これでよかったのだろうかと、不安や罪悪感とは違う、何か大事な機会を悉《ことごと》く逸しているような焦りで胸がざわついた。

　学園祭の準備を経て、矢野くん以外のクラスメイトと少しずつだが話せるようになった。同じ作業担当班でバーベキューにも参加していた右隣に座る吉原《よしわら》くんは、挨《あい》拶《さつ》ついでにたまにテレビで観た面白い話をしてくれるし、大西《おおにし》さんとはお勧めの本を教え合い、昨日本の感想を話してくれた。まだ怖れや緊張による吃音《きつおん》を脱衣しきれずにいるも、一学期のときと比べれば大分良くなってきていた。だからこそ、何か共に苦労を重ね達成することでより関係を深められたのではないかと、思い出ができたのではないかと、後悔にも似た焦りが心に嫌な汗を掻かせた。

　壁越しから下品な男女の笑い声がする。まるで狂っている。だが猿だ、と切り捨てることもできず思わず焦りとともに聴き入ってしまう。耳から意識が離れず、これからどうしたものかと、徒然《つれづれ》と思ううちに勢いよくドアが開いた。

「あれ？　まだ残ってんのかよ」

　真っ白なユニフォームの半身を夕日に濡らした矢野くんが入ってきた。部活の途中だろうか。だが不思議と近寄ってきた彼のユニフォームには泥汚れも、汗臭さも感じなかった。

「本読んでたのか」

「まぁ、ね」

「そうか、すげえな」

彼の声の調子は真剣ながら、赤ニキビの目立つ頬が薄く上がる。それを見て奇妙な感覚に襲われた。好きなことをしているだけという、欲に従順で、見方によっては悪とも怠惰とも捉えられるものを、どうして彼は称賛したのだろうか。喜びは胸中にあれど、生じた感覚のずれからやはり気持ち悪さを覚え、指に詰まった違和感を除こうと関節の音を鳴らすように、否定で以《もっ》て心を矯正する。

「別にすごくないよ。ただ好きなだけ。僕からしたら、引退したのにまだ練習している矢野くんのほうがすごいと思うけど」

「それ言ったら俺も好きなだけだ。まぁ大学でも続けるつもりだしな。そのためにしっかり身体動かしとかねえと」

言うと彼は右手に拳を作ってそれを見つめた。その目があまりにも真っ直ぐで、プロを目指しているの、とつい零《こぼ》して、そんな軽はずみに言う言葉でなかったと緩い口を恨んだ。だが矢野くんは不躾《ぶしつけ》な問いに嫌な顔一つせず、

「なれたらいいけどな。だがそんなすげえもんじゃねえよ。ただ自分の力がどこまで

通用するか、試してみてぇだけだ」

　とやはり真っ直ぐな目で微笑んだ。

好きなことをしているだけ、と彼もまた言う。だが味わった苦労の度合いがまるで違う。僕は彼のように手がマメで荒れてなければ、肌黒くなるまで汗も掻かない。困難に際しても情熱を燃やして耐え忍ぶことはなく、辞書を引けばすぐに解決した。娯楽としての差であろうか、傾ける情熱の、その本気度の差であろうか。彼との間には大きな隔たりがあり、すると心に自然と優劣が生まれ、仕分けられる。だが劣等感はなく、マメの厚さだけ固い意志が通る揺るぎない拳の、その握る姿に憧憬《しょうけい》にも似た高鳴りが心に起きる。

「すごく格好いいじゃん」

「……くそっ、恥ずかしいこと言わせんなよ」

彼は乱暴に坊主頭を掻き毟《むし》ると、顰《しか》め面をしながら自席に向かい、中から野球ボールほどの白い歪《いびつ》な形をした塊を取り出した。

「なに、それ」

「ああこれ？　この前の英語のテスト用紙」

訊《き》けば点数が悪過ぎたために今し方追試をしていて、けれど結果が芳しくなかったために、前回のテスト用紙を持ってくるよう言われて教室に来たらしい。先生がどういう意図で言ったかは知らないが、用紙がこんな状態にあるとは思ってもいないことだろう。

「え、絶対怒られるよ。どうやったらそんな短期間でくしゃくしゃにできるのさ」

「さあ。でもなったものはしゃあないっしょ」

悪びれる様子もなく平然と言った。

彼のように開き直れれば、さぞ生きることに苦労はしないだろうと思われたが、この肥えたミミズのように図太い彼の神経をちっとも羨《うらや》ましいと思えないのは、そこから見えるだらしなさにあった。だがその欠落具合が親近感を抱かせ、心を楽にさせた。自然体でいられる楽さ、とでも言おうか。彼を前にすると、気構えるのも馬鹿らしくなり、素の声に聞き耳を立てることができた。それは他人に対して初めて抱く感覚であった。

「そろそろ行かねえと、さすがにさっさんに怒られるわ。じゃあまた明日な」

矢野くんが教室から去ると、またしても教室を流れる時間が穏やかに進み出す。しかし耳も心も流れる時間はすっかり彼によって早められてしまったばかりに、どうも居心地の悪さを感じた。流石《さすが》にそろそろ図書室に行って勉強せねばまずいと、本を鞄に仕舞い、ドアを開ける前に息を止めてから教室を出た。

少し埃《ほこり》っぽい廊下を進んでいると、好遥の教室の前で彼女の声が聞こえてきた。どうも調子がいいのか、とても弾んでいて、笑い声も混ざって聞こえる。

今日も好遥は来られないと言っていた。

最近の彼女は忙しさから、週に一度しか勉強会に顔を出さなくなっていた。また連絡も電話やメールでのやり取りが増え、そのために今週はまだ一度も好遥と話せていなかった。

だが僕は彼女の貴重な時間を春から随分と貰ってきた。そのせいであまりクラスメイトとの時間を持てなかっただろうから、今を存分に楽しんでほしかった。沢山の思い出を作ってほしかった。学園祭を通して、彼女が今まさに目一杯青春を謳歌しているのだと思うと、胸に詰まる罪悪感も大分薄らいだ。

だから一人ぼっちの図書室にあっても、寂しいとは思わなかった。

好遥が楽しんでくれてさえいれば、僕はそれだけで大変幸いなのだ。

「お母さん、今年の学園祭行くからね」

思わずパスタを巻く手を止める。瞠《みは》った目は母を見たが、こちらに背を向け流し台で洗い物をするばかりに、肉の浮く背中が映った。

「え、どうして？」

「ほら、今までずっと来るなって行かせてくれなかったじゃない？　だから最後くらい行こうと思って」

手を止めずに答えるので、太い水音に阻まれて母の声が聞こえ辛く、聞き零さぬようにと、右耳だけ着けていたイヤフォンを外す。テーブルに置いたイヤフォンから音が漏《も》れているのか、はたまたただの幻聴なのか、陽気な調子の英単語の気配を未だ遠くに感じる。

「いや、来ても何もないからいいよ」

「そんなことないでしょ。知ってるわよ。はるちゃん、演劇でジュリエット役に選ばれたんだってね。あれだけ細くて綺麗なんだもの。お人形さんみたいで絶対に可愛いわ」

「……あれ、何で知ってるの？」

話せば来ると、予知めいた確信のために秘匿《ひとく》にしていたのだが、訊けば今日の昼に好遥のお母さんから聞いたらしい。僕はその答えに思わず耳を疑い、剰《あまつさ》えこの疑わしき錯聴は未だ薄く聞こえる英単語による悪戯《いたずら》かと思ったが、改めて確認すれば、やはり母は好遥のお母さんの名を言った。

好遥のお母さんは古き良き時代の女性像そのものであった。いつだってお淑《しと》やかで、僕らを優しく見守り、色々なことを一言ずつ丁寧に教えてくれた。所作も容姿も大変美しく、物陰に咲くすみれのような静淑なる美しさを持つ人であった。

そのような人が慎ましさを脱ぎ、自慢話にも聞こえる愛娘の晴れ舞台を人に知らせるなど、人柄を思えば信じ難い話である。我が子のために盲目するのは親の性《さが》か。欲望とは隔てられたところに彼女の独立した精神があると思っていたばかりに、母の言葉は僕の心象の彼女を人にさせた。そもそも心象の彼女自体が、子に見せる親の気丈さであり、盲目は僕のほうであったかと、光の輪郭が薄らぐも、彼女から受けた愛情や優しさに変わりなく、印象は転覆せず新たな一面を書き加えるに留まった。それに好遥を我が子のように可愛がっていた母と喜びを共有したかっただけかもしれない。実際に母は嬉しそうに声を弾ませていたので、彼女の目的がそれであれば、さぞ満足のいく時間を過ごせたことだろう。

ふと夏の記憶が蘇った。勉強会のため好遥の家に五年振りに行ったとき、好遥のお母さんは玄関で僕を迎え、姿を認めると、何も言わず優しく抱き寄せ頭を撫でてくれた。あのときの幸福感と柔らかな温かい匂いが膨らむ。あれも思えば欲の一つか、と熱に浸っているうちに母の語調が変わった。

「でもはるちゃん大丈夫かしら。受験だってねぇ、今すごく勉強も大変でしょうに……」

「まあ推薦貰ってるから、勉強のほうはまだ一般よりかは楽なんじゃない？　面接の対策とか、他に大変なことはありそうだけど」

思えば彼女の受験のことについて、殆ど知らない。いつも自分の勉強ばかりで、受験内容や肝心《かんじん》の受験日の話を聞いたことがなかった。次会ったときにでも聞いてみようか。

食事を仕切り直そうと、フォークをパスタに突き刺す。だがすっかり冷え固まり、フォークが上手く回らない。それでも何とか歪に絡めて口に運ぶも、ぼそぼそとしていてまるで美味しくなかった。顎《あご》を懸命に動かし、ようやく口内が空いたとき、暫くと会話が途絶えていることに気づいた。些細な心の引っ掛かりから流し台のほうを見ると、母が振り返り僕を静かに見ていた。眉元に皺を寄せた顔つきは、怪訝《けげん》そうにも不機嫌そうにも見える。

「なに？」

「……マッシュルーム嫌いだっけ」

「え、もう昔からじゃん」

いつもパスタのときにはうるさく言っているくせに、何を今更言っているのだろうか。嫌いと知りながら、敢えて惚《ほう》けることで注意に変化を齎《もたら》すなど、何て意地の悪い人なのかと思ううちに、注意を変えても無駄か、と言わんばかりの溜息《ためいき》を吐いて母はまた流し台に向かった。

「フライパン洗い終わるまでに、食器持ってこなかったら自分で洗ってもらうわよ」

その言葉に、慌ててマッシュルームの混ざる冷えたパスタを口に詰め込むと、水で強引に流し込んだ。たとえ嫌いな食べ物であっても残さない。ただ好きな物を最初に食べる流儀なのだ。そのことにいつになったら母は気がついてくれるのだろうか。空になった皿を前に嘆息《たんそく》する。煩《うるさ》い水音がそれを掻き消した。


学園祭を明日に迎えた十一月の大気は若い体には半端で、日向の下にゆけば小春の盛りを皮膚の浅いところに、日陰や風の下にゆけば冬の芽吹きを素早く身に寄る冷気のうちに感じた。季節の消長の兆しを大気に見る中、クラスの男子と屋台を立てるも、その骨は酷く冷たく、場所は日陰であったために、終える頃には秋ながら痺《しび》れる寒さを手に覚えた。それは日向に移ったところですぐに癒える気配はなく、一仕事を終えたクラスの男子と一緒に、校舎の大きな影の上に聳える剝き身な屋台が女子によって装飾されるのを、遠い陽だまりから見守り、屋台が立派になるとクラス全員で教室に戻って明日以降の動きを配付された資料を以て確認する。そうして全ての準備が終わった頃には夕刻に掛かり、外の一切がまるで学園祭開催を寿ぐかのように金色に輝いていた。

それじゃ明日頑張ろう、と関口さんの掛け声に合わせて柏手を一つ打つ。それから寸刻の間隙《かんげき》を置いて拍手が自然と教室に舞った。僕も併せて頻りに手を叩く。拍手の音はどれも等しく乾いた音がする。だが必ずしも打ち手の心境が同じとは限らない。期待に胸を弾ませるもの、不安に支配されているもの、それらが混淆《こんこう》して複雑な心境を抱えるもの、はたまた別の何かを秘めるもの。色々な想いが溶け合い昇華した高らかに響く調和に満ちた乾いた音が耳に強く残る。

自らの思いの所在を探しているうちに拍手が止み、心を結んだ音が解かれる。するとそれまで清らかな一本の真珠のネックレスの一部に思われた自身の魂が、解放を経て一つのつまらぬ小石に成り果て、剰《あまつさ》え所属する部活や他のクラスを手伝いに行く生徒らの喜々とした顔つきを前に一人道端に転がっている気になり、鞄を手にすると軽く別れの挨拶を済ませ教室をあとにした。廊下にはまだ人が往来していた。だがそれもすっかりこの数日で慣れた。遠くから矢野くんの快活な声がする。

学園祭を前に閉室している図書室をぼんやり眺め歩いていると、好遥の教室に差し掛かり、ドアも開いていたので少し中の様子を窺ってみれば、作業や練習に励む人溜りの外れ、窓に凭《もた》れ掛かり一人台本を片手に真剣な眼差しで練習に励む彼女を見た。金色の渡る空を背負うその様は、蛍光灯の眩く白い光に当てられ発光するばかりに神々しく、あたかも一枚の瑰麗《かいれい》な宗教画のようであった。あまりの美しさに、魂が引き寄せられ、足が止まりかける。だがその気配を自覚すると、熱くなる胸を抱えて足早にその場から去った。

一人帰路に就き坂を下る。坂上から見た町は、空の色を薄く映していた。するとその上を歩く僕もまた町のように美しく発色しているのだろうか、と振り返って沈みかける太陽に手を伸ばしてみる。町と同じ光を浴びた左手は、仄かに温かくもけれど町や空を渡る色とは程遠く暗い影の色をしていた。

四季を問わず闇が繁る時分。ジャージを装うと、父と入れ違うようにして影に覆われた薄ら寒い街を駆け出した。走る前はいつも不安だ。だが水月のように茫漠《ぼうばく》としたそれは、一度波を立てれば搔き消えることを知っている。だから最初の一歩に躊躇いはなかった。走り出すと風が産声を上げ、夜に怯《おび》えているのか身に絡む。そうして暗闇の裡に自らの輪郭を見る。

毎日走ってきた成果は明らかで、初めは体力の調整が利かず痛めてばかりいたお腹は、塩梅を知って痛まなくなり、十五分と走ればへばっていた体は、今では一時間走ってもまだ余力を残した。すっかり体は健康的に引き締まり、当初の目的は達された。だがこの習慣を手放すのは惜しく、またちょうどいい気分転換になるために走るのを止めなかった。

シャッターの下りたタバコ屋を左に曲がり坂を上る。脚が闇に絡まるばかりに、夜に溺《おぼ》れているような感覚に捉われる。肺は深く沈み、駆ける靴音は遠く離れる。それでも足掻き坂上に着くと、学校の裏門が見えた。正門と対岸に位置するこの場所は、日中でも間に聳える別館のために本館は見えなかったが、今はありありと見えるはずの別館さえも、点々と非常灯の薄青い光がうちで怪しく光るばかりで、その全体は夜に隠れていた。

みな帰ったのか、と正門へ向け校舎の外周を走るうちに、徐々に声が聞こえ、明かりが見えてきた。暗く静かな別館と違い、本館は教室の明かりが未だ多く点いていた。手元の時計は二十時を過ぎていたが、誰かが帰る様子もなく、どこかこのまま夜を越え学園祭を迎えてしまいそうな、夢に似た現実に欠ける雰囲気が煌々《こうこう》と燃える学校から感ぜられた。

グラウンドでは十人近くの男女が、まじ無理、と走りながら叫ぶ女性から逃げ回って遊んでいた。その集団の中に好遥の姿を探す。だが深い影が顔を覆うばかりに認められず、時折教室に差す人影に求めるも、走りながらではよく見えなかった。今もまだ学校の何処かで頑張って練習しているのだろうか、と思っているうちに、もう疲れた、と嘆く声が聞こえたので見れば、先の女性と思しき人がグラウンドにへたり込んで座っていた。心配してか一人が近寄ると、唾棄《だき》するように罵声《ばせい》を放つ。だがその声はどこか楽しそうであった。

作業がないはずの僕の教室にも電気が点いていることに苦笑しながら、正門横に伸びる坂道を下る。あとはこのまま家に向かって走るだけだ。坂を下り切り、獰猛な犬がいる家の角を曲がる。好遥が勝手にバロンと呼ぶその犬は、就寝中か吠える様子もない。

夕方通った道を暫く走り続けていると、公園が現れた。道は二つに分かれ、左に行けば僕の、右に行けば好遥の家がある。もう家までは僅かで、残る気力を振り絞らんと地面を勢いよく蹴り出そうとした矢先、足が止まる。

公園内の街灯が、ベンチに腰掛ける一人の女性を薄白く照らしていた。女性は羽織った黒のダッフルコートの裾《すそ》から、学校指定の深緑のスカートを覗かせ、長い髪を耳に掛けながら手元に視線を落としていた。その姿は放課後見かけたときよりも穏やかで、月のように静かな生の脈動を発光のうちに感じた。

僕は明かりに導かれる羽虫のように、気づけば彼女の傍まで歩み寄っていた。

「あれ、歩どうしたの？」

彼女は僕に気づくと、顔を綻《ほころ》ばせた。

「走ってたら好遥を見つけたから」

「そっか、毎日続けていてえらいね」

「好遥は演劇の練習？」

「そう。帰る前にもうちょっとやっておこうかなって」

「でも寒くない？」

「それがいい具合に頭が冴えていいのよ」

そう言って彼女は台本を閉じると、少し横にずれ、空いた方の席を叩いて、ほらこっち座りなよ、と僕を招くので、今度は犬のように従ってベンチに腰を下ろした。

「今日も行けなくてごめんね。勉強はどう？　順調？」

　この二週間、彼女は一度も図書室を訪れなかった。廊下ですれ違うこともなく、直接会って話すのは、十一月に入って初めてであった。声も電話や壁越しから耳にしただけで、裸の声は久しく、微風《そよかぜ》にそよぐ葉音のように心地よく耳に蟠《わだかま》った。

「うん、好遥がいなくても順調にやれてるよ」

「……それはそれで寂しいわね」

　彼女は不機嫌そうに頬を膨らませると、足元の砂を軽く蹴った。砂塵が舞う。低く舞ったそれは、公園の街灯の光を纏《まと》うと忽ち氷塵のように白く凍った光を瞬かせた。

　一人でも大丈夫だと、気にせず今を楽しんでほしいと、ただそう伝えたかっただけなのに、僕の口が不自由なばかりに、僕の意と離れ、彼女の下によからぬ方面で届いてしまったらしい。あぁ、どうしてこうも上手く伝えられないのだろうか。勉強の成績は上がっても、肝心のここがまるで上達がない。僕は数字のように洗練された存在ではなく、状況や人によってその在り様が変化する言葉の質を、面白く美しいものだと、えらく好んでいるものの、言葉は僕を気に召さないらしい。

　言葉の難しさに悄然としながら謝る。すると好遥はくすくすと笑い出した。僕はそこでようやくと自分が騙《だま》されていたことに気づき、けれど彼女はそういう人であったと、胸を懐かしくさせた。

久し振りに見た彼女の笑顔は見事で、直叙的《ちょくじょ》に胸に刺さった。心が熱を持ち、感動に及ぶ。彼女の笑みは薬であった。見ると途端に気が雄々しく膨れ、何事も成せるという、虚《うつ》ろな自信が瑞々《みずみず》しく胸裏に漲《みなぎ》った。

「でも本当に気にしないで。この前の模試の結果も良かったし。先生も順調だってすごい褒めてくれてさ。僕もっと頑張るよ」

きっと喜んでくれる。そう期待した反応は、けれども予想を反し、好遥は静かに視線を落とすと、そっか、と呟《つぶや》いたきり黙ってしまった。これは揶揄《からか》いか、それとも本当か。宵闇に落ちる沈黙は永遠に思え、判定を待つ身に緊張と焦りを齎した。

「ねえ、歩」

声が清かに夜の静寂を渡る。

僕は固唾を呑んで注視していると、

「ちょっと練習に付き合ってよ」

顔を上げ、灯火に照らされたその表情は、夜に似つかわしくないほど朗《ほが》らかであった。

「ど、どうしたのさ、急に」

「んー、やっぱり読み合わせて練習したほうがいいなって」

「そしたら石田くんのほうがいいんじゃない？　実際の相手役で練習したほうがいいと思うし」

「新鮮味に欠けるじゃない。それに私は歩にやってもらいたいの。……ダメ、かな」

こてっと頭を倒して微妙な表情で僕を見る。その裡に薄く笑みが滲《にじ》んでいるというのに、どういうわけか、ごめんねと謝るときよりも、沈黙のときよりも寂しく映った。

ちょっとなら、と頷くと好遥は嬉しそうに台本を渡してきた。受け取った台本は思いの外重く、そこかしこと擦《す》り切れていた。

「最後のシーンでお願い。折り目のところよ」

言って彼女は地に頭をつけ横たわると、静かに目を閉じた。ベンチで寝るように促すが、彼女はすっかり死体に成り切っていて応じる様子もない。

僕は早くやらねばならぬと、思い至った。誰かにまた目撃され騒ぎになることへの怖れもあるが、何より台本を受け取ったときの彼女の凍るように冷たい手が胸に悪く痼《しこ》った。

横たわる彼女の傍に膝をつく。冬が忍ぶ微風の中、一息吐《つ》き彼女を見る。静かなその顔は、一本の屈強な白樺のように何ものにも穢《けが》されぬ強烈な精美さがあった。

僕は心の疼《うず》きを吐く台詞の裡に隠す。

「あぁ、ジュリエット。

なんてことだ。悪い冗談はよしておくれ。

お願いだ、目を覚ましてくれ。

私の心臓が悲しみで張り裂けてしまうその前に」

頬に手を添えるという台本の指示に従うか逡巡《しゅんじゅん》していると、軽い咳払いによって急かされ、渋々と従う。そっと触れた好遥の頬は、陶器のように滑らかで、白熱電球のように仄かな熱を含んでいた。思わず息を飲みそうになる。だがそうなっては喉につっかえ発声が憚《はばか》られると、懸命に堪えて続ける。

「どうしてこうもうまくゆかないのだ。ただ私たちは愛に付き従っただけというのに。神よ、なぜ彼女の息の蜜を吸い去ったのですか。私たちの愛は間違いだとでもいうのですか。

あぁ、ジュリエット。

君は変わらずと美しく、それなのにどうして最も清い魂が見当たらないのか。

君の甘やかな声は、もう私の名を呼んではくれない。君の硝子《がらす》細工のように美しい瞳は、もう私を熱く見つめてはくれない。

君のいない世界はまるで闇夜の如《ごと》く陰鬱《いんうつ》で、灰のように冷たく脆い。

私は君と出会い、誠の愛を知った。

もう私は君なしでは生きてゆけない。

愛するジュリエットよ。

二人はいつまでも一緒だと、君は言ったね。私はそれを嘘にはしない。

私は君を一人にはしない。

愛は全能だ。あれだけ厚いと思っていた両家の壁さえ飛び越えてみせたのだ。私は君への愛を以て命の狭間さえも飛び越えてみせよう。君の待つ争いのない世界に私も行こう。そこでいつまでも一緒に幸せに暮らそう。

今、君の元にゆくよ。

ジュリエット、——愛している」

言い終えると、指示に従って僕もまた仰向けになって倒れ、瞼を閉じる。長いこと台詞を吐いたために酷く口が渇いた。だがどうだろう。我ながら上手く言えたのではないだろうか、と薄い橙色の光の裡に、今し方のひと時を思う。すると途端に心臓が跳ね上がった。

たとえ台詞とはいえ、何て恥ずかしい言葉を口にしていたのか。時間が経つにつれ羞恥《しゅうち》に心は縛られ、鼓動はより速まる。やらなければよかった。そう後悔の念が過る間際、ごそっと好遥の動く音がし、橙色の瞼の裏に影が落ちた。

「うぅっ……あ、頭が痛むわ。

ロレンス様からいただいたお薬を飲んでから四十二時間経ったのね」

滑らかで澱《よど》みのない声が降る。普段より少し高く流暢《りゅうちょう》な彼女の声はとても心地よく、その冬の大気のような透明さに、僕の心はすっかり満足し、気づくと荒ぶっていた鼓動は静まり、健康な心持ちで聴き入っていた。

「あぁ、これでロミオと一緒になれるわ
ロミオはどこにいるのかしら？

……そこで倒れているのは誰？

……え、嘘。ロミオ……ロミオなの？」

肩が強く揺さぶられる。

「ねえロミオ、私よ。ジュリエットよ。ロミオ、ねえ、ロミオったら！

こ、これは……毒？

あぁ、私が死んでしまったと思ったのね。

いや……、いやよ、ロミオ……。

お願い、起きて。起きてもう一度私に愛を囁《ささや》いて。

あぁ、せっかく上手くいったのに。どうしてこんなことになるの……。

ロミオ……、ロミオ……」

瞳を閉じていても彼女の沈痛な面持ちがはっきりと瞼の裏に浮かんだ。

彼女のジュリエット役は堂に入っていた。到底堪えうることのできない誠の感情がそのまま言葉となって溢《あふ》れてきたかのように、その台詞には命の実体が、悲痛の嘆きがあった。

紛れもない彼女の言葉に、心が震える。するとひんやりとした何かが頬に触れた。それが好遥の手だと分かると思わず体が跳ねる。けれど彼女は意に介する様子もなく、熱くなるばかりの頬に手を添えたまま続けた。

「ねえ、どうして私の分も残してくださらなかったの？　あなたの口から溢れる僅かな毒を飲み干したところで、死ぬこともあなたの口から愛の言葉を聞くことも叶わない。

愛してる。私のすべてを以てあなたを愛してる。

今きっとあなたは一人、私のことを探して彷徨《さまよ》っているのでしょう？

待っていて。今あなたに会いにいくわ」

鈍い小さな音のあとに、うっ、と短く苦しそうな呻《うめ》き声が上がる。

「ロミオ、――愛してる」

儚くて切なくて、それでいて愛しくて止まないと、そう告白しているように、震える好遥の声には薄くも熱い緒が通っていた。

感動で打ち震えていると、不意に胸元が重くなった。糸のような細いものが肌を掠め、石鹸の香りが鼻をくすぐる。薄目を開けると、倒れ込んだ好遥の頭が胸上に載っていた。思わず飛び起きそうになるのを、そのままでいて、と好遥が小声で制した。

「ねぇ、どうだった?」

「す、すごくよかったよ」

好遥の声が直接胸に響く。

息が掛からぬようにと首を傾ける。誰もいない静かな公園が夜に薄ら浮かんでいた。

「ふふっ、ありがと。歩も初めてにしては上出来のロミオだったわよ」

僕の呼吸に合わせ好遥の頭が上下と揺れる。僕の左脇もまた彼女の呼吸によって僅かに押される。僕のは早く、好遥のは少し遅い。二つの異なるリズムがぶつかり、重なる身体に微妙な心地良さを齎した。

この状況においても、彼女は動じる様子がない。僕ばかりが狼狽《ろうばい》している。それが酷く情けなく、胸が軋むように痛んだ。

好遥が上体を上げ、僕の顔を覗き込む。鼻と顎を二の腕のうちに隠し、瞳と向き合う。

こんな間近で彼女の瞳を見たことがあっただろうか、と思ううちに一陣の乾いた風が砂と時間を運んだ。お互いの心音が長針と短針のように徐々に合わさり、ついに重なると、

「もし私がいなくなったら、ロミオみたいに歩は悲しんでくれるのかしら?」

驚きから漏れた声とともに、名残惜しげもなく離れていった。

――好遥がいなくなる。

それは眼前から今去ることとか、遠方へ行ってしまうことか、それとも死か。彼女がどのことを指して言っているのか分からなかった。冗談だろうか。そう思っても、彼女の双眸《そうぼう》は真剣で、否応なく別れを想像させた。この先未来に別れがあることなど、想像したこともなかった。どこかこの日常が永遠に続くものだと漠《ばく》と思っていたばかりに、彼女の言葉はえらく直線的に刺さった。いつまでもこうして一緒にいられるとは限らない。別れは色んな要因で以て訪れる。その諸行無常の理《ことわり》が当然に実在することを僕は忘れていた。

互いの呼吸の音が耳に満ちる。世界から切り離され夜のカプセルに閉じ込められて

しまったように、僕らの音しか聞こえない。長い間、そうして見つめ合っていた気がする。だがやはり諸行無常の理が、静寂を裂いた。

「――冗談よ」

くすっと、好遥の笑い声が玲瓏《れいろう》と響いた。

「び、びっくりさせないでよ」

「本当すぐ騙されるんだから」

暈から溢れ放射する月光のように淡い笑みに、思わず息を飲む。もっとこの時間が続けばいいのに。永遠に時を騙してこの場に留まれないだろうか。だがやはり理が時間と願いを断ち、学園祭を一緒に回る約束をすると、僕らは互いの帰路に就いた。

学園祭開催を吹奏楽部が演奏で祝してから四時間。未だ喧騒《けんそう》冷め止まぬ中、ようやく腰を下ろす。すっかり足は草臥《くたび》れ、もう立てそうにもない。足を投げ出したように座るのは些《いささ》か態度が悪いか、と手で引き寄せる。

「あぁ、もうしんどかった」

関口さんが正面のパイプ椅子にどさりと座る。鉄と砂利が擦れ、不快な音が響くも、疲れ切って耳を塞ぐ気にもならない。

「あたしは途中でもう死んだかと思ったわ」

森脇《もりわき》さんはその場に座ると足を投げ出した。

「まじであり得なくない？」

「でもプレート借りられてよかったね」

同じくその場に座り込んだ大西さんが、膝小僧に軽く顎を乗せ、言う。

開始早々に二台あるプレートのうち一台が壊れた。初めこそ客足が緩やかだったために、一台で何とか凌《しの》いでいたものの、日の上昇とともに客も増え、一時間経つ頃にはすっかり行列ができてしまった。一品ずつしか作れないことへの焦りからミスも重なり、結果として供給がまるで追いつかず、誰しもが心を亡くして働くことになった。それは赤坂《あかさか》くんがプレートを調達してくれるまで長いこと続き、交代時間を前にしてようやくと全てのお客さんを捌き切ることができた。

テーブルに腰掛けた小さな男の子がクレープを美味しそうに頬張る。それを隣に座るお婆ちゃんが微笑ましい様子で見つめているのを、僕もまた朗らかな気持ちで見つめる。

「明日まで貸してくれるって話だし、もうあんなこと起きないでしょ」

「ま、もうちょい早めに欲しかったけど」

関口さんが溜息交じりに言う。あまりに我が儘《まま》な物言いだが、誰も何も言わない。それは彼女の言葉に同調したからではなく、冗談だと分かっているからである。彼には本当に助けられた。この場にいる皆、抱く思いは同じであり、何よりプレートが届いたとき一番感謝していたのは関口さんであった。

助け合い、共に困難を乗り越える。

それは僕にとって初めての体験であった。

涼風が抜ける。空は晴れ澄み渡っている。最後の学園祭は素敵なものになる予感がした。

「おっ、圭子《けいこ》はお疲れか？」

交代したばかりの矢野くんが、顔を出した。肩に集客用のプラカードを担いでいる。

「ったりまえでしょ、悪い？」

「誰も悪いなんて言ってないだろ」

「顔が言ってんのよ。もうあんたの暑苦しい顔のせいで余計疲れたわ。お願いだから早くどっか行ってちょうだい」

「そんなひでえこと言うなよ。昨日鬼代わってやったろ？」

「忘れたわ、そんな昨日のことなんて」

「あんなに楽しそうにずっと鬼してたのに？　もうやだ〜、って泣いてたのに？」

「な、泣いてなんかないわ！　ばっかじゃないの。変なこと言うとはっ倒すわよ！」

関口さんが叫ぶと、あー、怖い怖い、と笑いながら矢野くんは集客に戻っていった。

嚙んだり引っ搔いたり、そうしてじゃれ合う動物を見ているようで、最近は彼らが言い合うところを見ると、どこかほっこりとした気持ちにさせられた。

そろそろ行かねば、と重い腰を上げると、不意に名を呼ばれたので振り向けば、大《おお》西《にし》さんが酷く弱った顔をして僕を見ていた。

「さっきはその、ごめんなさい。私もいっぱいいっぱいでつい……。栗村《くりむら》くんも大変だったのに、本当にごめんなさい」

立ち上がりそう言うと、人目も気にせずすっと頭を下げた。短く揃えられた黒髪がさらりと前に枝垂《しだ》れる。

彼女が言っているのは、きっとあれこれと乱暴に指示をしては、時折罵倒したことについてだろう。行列客に注文を一頻《ひとしき》り伺い終え、空いたテーブルを拭いていたとき、大西さんが大声で具材を教室から持ってくるよう屋台越しから叫んだのだ。どうもクレープの作成中に切れたらしく、急ぎと言われたが校内は込み合っていて運搬に時間が掛かった。届けるなり大西さんは感情的になって泣きながら怒り、それから具材が足りなくなるたびに僕を呼びつけては調達に向かわせ、運搬時間や具材の品質についてくどくど文句を言った。

だが彼女も必死だったのだ。誰しもがあの自然災害のように避け難い困難を前に冷静さを欠いていた。僕も立場が違えばそうなっていたかもしれない。そう思うと彼女を責める気などさらさら起きなかった。

「僕のほうこそ気が利かなくてごめんね」

「そ、そんなことないよ。凄く助かった、よ」

決まりが悪いのか、頻りに指を組み替える。空いた髪の間に神妙な顔つきが覗く。散々強く言ったことを思い出して恥じているのか、その頰は紅葉色に染まっていた。

「このあと空いてる？　お詫《わ》びに何か奢るよ」

「ありがとう。でも予定あるから」

僕は早く行かねばならぬところがあった。きっともう待ち合わせ場所にいることだろう。そのために心はメロスよりも急いていた。彼女から折角いただいたお誘いを断ることを申し訳なく思いながらも、じゃあね、と言って重い脚を懸命に動かしてその場を離れた。

途中、またしても呼ばれた気がして振り向くと、関口さんが大西さんの頭を思い切り叩いて何か言っているのが見えた。

人混みを掻き分けて進む、ということがあまり得意でないことを今更ながらに知った。人の動きに注力してタイミングを見計らっても上手くいかない。テレビで見た都会の人のように粗暴さと配慮を巧みに駆使して、押し寄せる人波を縫って歩いていければいいが、どうも目が悪いらしい。避けても忽ちぶつかり、進もうにも進めない。まるで溺れているかのように息苦しい。大勢が密集する都会のスクランブル交差点と類《たぐ》えると漣《さざなみ》程度ながら、待ち合わせ場所の体育館前に着く頃にはすっかり息切れしていた。

さてどこにいるのだろうか、と雑踏の中に待ち人の姿を求め辺りを見渡していると、空を仰ぎ見る彼女の姿を見つけ、声を掛ける。

「あ、やっときた」

好遥は僕を認めると、長い睫毛《まつげ》をそっと伏せ、花開くように優しく笑った。ダッフルコートの裡に水色の学校指定の体操着が了然と覗くばかりに、制服や私服の多い学園祭において大いに目立っていた。訊けばつい先ほどまで練習をしていたらしい。それじゃあ行こっか、と彼女は自身の見掛けに構うことなく、くるりと回って体育館の中へ入っていった。その足取りは陽気で、髪束が上機嫌に跳ねる。今にも鼻歌が聞こえてきそうで、その後ろ姿を見失わないようにと、僕もまた続いて体育館に潜った。

館内は毎年、地域住民によるフリーマーケットと休憩所として開放されているために人が多く、彼らが持ち込んだ食べ物の匂いと大衆の熱気で空気がどんよりと濁っていた。

靴を脱ぎ、入り口に置かれたビニール袋に詰める。コートを守るために一面に張られたブルーシートが足裏でくしゃりと縮こまる。

「すごい混んでるね」

カラーコーンで区切られた休憩所内では、長居禁止との張り紙がありがなら、カードゲームに興じる人や、空になった入れ物を脇に置き、楽しげに会話する男女のグループがいた。座るところがなかったのか、一組のカップルが焼きそばを片手に体育館を後にする。

「ここは毎年こんな感じよ。別棟の空き教室も開放しているけど、そっちは遠いから」

横に伸びる細い通路を渡り、フリーマーケットの区画に入る。子連れやご年配の方ばかりで、同年代の人の姿を見かけない。人通りも疎《まば》らで、そのためか酸素が先より濃く、肺が喜ぶように息を取り込んだ。

「ねえ見て！　黒電話だよ！

懐かしい！　これ私も持ってたわ！

あのおっきな木枠って何に使うのかな？」

感想を言い散らしながら先を行く彼女をそのままに、陳列する品をゆっくりと眺めながら歩く。涎跡のあるぬいぐるみや、美術の授業の作品と思しき水彩画に目を留めつつ、ほどなく歩いていると、好遥がじっと屈み込んでいるのが見えた。近づくと彼女は指を差し、これ可愛くない？　と言った。そこには四つ葉のクローバーの装飾が特徴的な、銀のブレスレットがあった。

「どう？」

「凄く綺麗。いいと思うよ」

「あー、でもこの指輪も可愛いなぁ」

精巧な装飾品を前にはしゃぐ好遥を見ながら、僕は僅かに光が屈折するのを自身の裡に感じた。装飾品とは美意識の目覚めによる自己顕示欲の象徴であり、俗物の対象と認知していたばかりに、どうも朴直的な美を飾る彼女と結びつかなかった。その類への関心を聞いたことも、身に纏う姿も見たことがない。彼女の表情には、田園に舞う蛍を見つめる子供のように、純粋な美への陶酔があった。

出品者の女性はそんな好遥の様子を、瞳を和ませ見つめていた。肩口で切り揃えた波巻く髪が、羽織る麻布のブランケットに浅く載り、膝を抱えてゆらゆらと身体を揺らしては、薄茶の髪が涼しげに靡く。何歳だろうか。ビー玉のように丸い顔は年齢を感じさせず、仕草や格好からとても若いように見えた。ともすると僕らとそう変わらないかもしれない。

好遥は結局、最初に目を留めた四つ葉のブレスレットに決めたらしい。僕も素人目ながら、それが最も堂々として見え、きっと店一番の自信作なのだとさえ思った。

「これください」

「はい、ありがとう。百円ね」

好遥が驚きの声を上げる。僕も衝撃から脳が石と化すのを感じた。お洒落《しゃれ》と無縁な暮らしのために、その精巧な作りのブレスレットの適正価格が分からないが、フリーマーケットであることを鑑みても、百円は流石に安過ぎるように思えた。

好遥も同じ思いを抱いたようで、改めて女性に値段を訊くと、私の作品にお金を出して買ってくれるだけでもう十分だわ、と言った。

「こんな素敵な物を百円でなんて買えないです。せめてこれだけ出させてください」

好遥は財布から千円札を取り出すと女性に差し出した。

「ありがとう。でもやっぱり百円でいいわ」

女性は差し出された手を優しく握ると、好遥の胸元に返した。断られた好遥の表情は、彼女の心を投影しているようであった。本当にこれでいいのかと葛藤する複雑な心境を。

微妙な表情を湛《たた》える好遥に女性は言う。

「それね、私の初めての作品なの。ずっと昔からこういうの作ってみたくて、でも上手く作れる自信なくて、いつも諦めてたの。でもこの歳になってもその思いは変わらなくて、けれど踏ん切りもやっぱりつかなくてどうしようって思っていたときにね、偶然フリマのチラシを見つけて、それで勇気出して作って売ってみることにしたの。

でもいざ販売してみたら一度も手に取ってみてもらえなくて、実はさっきまで凄く落ち込んでたんだ。やっぱ駄目だったんだなって。

だけどね、そんなときあなたが来てくれた。あなたみたいなとても素敵な子が私の作品を可愛いって言ってくれた。それがどれだけ嬉しかったか。あなたは私にお金よりも大切なものをくれたのよ。私の初めてのお客様になってくれて、本当にありがとうね」

甘やかにそう言うと、女性は四つ葉のブレスレットを好遥の左手首につけた。銀色の輝きが宿る。好遥はうっとりとそれを見つめた。

「とても素敵なお話ですね。このブレスレットがこんなにも美しい理由が分かった気がします。私、大事にしますね」

好遥の瞳には何が映っているのだろう。銀の煌《きら》めきが醸し出す凛《りん》とした美しさか、その製造過程に紡がれた直向きな思いか。きっとその全てなのだろう。手首を返すごとに、四つ葉が嬉しそうにぴょんと跳ねる。

「ねえ歩。私いいこと思いついたわ！　この四つ葉に願いを込めるの。どうかしら？」

それは幼く、けれど悪くない案だと思った。

「うん、いいと思うよ」

「まるで他人事ね。歩も考えるのよ」

「え、僕も？」

「そうよ。だって葉は四枚もあるもの」

どうやら全ての銀の葉に願掛けをするつもりらしい。差し出された左手首に載る小さな銀色の四つ葉が薄黄色を塗して慎ましく光る。

「まず一つはお姉さんの今後の活動が上手くいきますように。デザインだけでなく、素敵な想いまで込められているんですもの。間違いなくみんなファンになるわ！」

願いを一つ口にし、親指を折る。その願いは女性の内に響いた。ありがとう、と女性の瞳から一滴の雫が頬を伝って落ちる。

天の鐘の虹色に艶めく豊饒《ほうじょう》の音色が僕の耳にまで届いたような気がした。

「じゃあ次はお姉さんの番」

すっ、と銀色の輝きが女性に向く。

「そんな、私はいいわ。今あなたが願ってくれたことだけでもう十分過ぎるくらいよ」

「たまには欲張ってもいいと思いますよ？　葉もまだ三枚も残っていますし。……ね？」

女性は暫く首を傾げ悩むと、好遥に沢山の幸せが訪れますように、と祈った。

あぁ、どこまで人が良いのだろう。まるで岩清水のように澄みやかなで純然な女性の願いは僕の裡に快い波紋を描いた。注意書きを無視して自分事に興じる人もいれば、他人を勘定に入れた上で、自分よりも他人の幸いを願う人もいる。きっとこの女性のような選択をできる人は、大勢いるこの館内においてもそういないことだろう。

目を見開いたまま暫し硬直していた好遥は、覚めるなりお礼を言うと、また指を一つ折った。葉は残り二枚。僕は何を願おうか、と裡の声を探っていると好遥が僕を見た。

「じゃあ最後に歩ね」

願いはあと二つでなかったか。訊くと好遥がにやりと笑った。

「ふふ。私の分なら、もうお願いしたわ」

そう言って、好遥はまた指を一つ折った。

僕は返ってくる答えが、長年の勘から悟っていたものの、どんな願いをしたのか訊けば、秘密よ、と彼女は言った。その答えは想像から一言一句と変わらなかった。

本当に彼女は昔から何一つ変わらない――。

「それで歩の願いは？」

「同じ大学に合格できますように、とか？」

何を願うか。そう考えて一番に出てきた願いを口にする。頭ではなく心に忠実であればあるほど、その願いは本物のように思えた。

「……ねえ、歩」

けれど、彼女の表情はやにわに曇ってゆく。

「そういうのは神頼みしないで自分で頑張るものだと、私は思うの」

彼女ははっきりと言った。

何かに願えば、言い訳ができてしまう。気の緩みが生じてしまう。決して自分を逃さず努力する彼女にとって、僕の願い事はさぞ甘えに聞こえたことだろう。

僕はつい今し方まで、運命というやつは地球の自転のように何か壮大な力の元、動いているのだと漠然と思っていた。けれどそれは違うのだ。自分で手繰《たぐ》らなければならない。

彼女が言っているのはそういうことだ。

「そうだよね、ごめん。でもそれ以外ってなると今すぐには思いつかなくって」

「……仕方ないわね。じゃあ、思いついたら教えて。それまで空けてあげるから」

好遥は静かに笑ってそう言うと、女性に百円を手渡した。

乾いた瞳から零れた涙は手摺《てす》りを避け、遠山から遥々遊泳してきた風に乗り、グラウンドのほうへゆらゆらと流れてゆく。それは夕焼けを透かすと紅く瞬き、まるで橙色の蝶のように四方に光を拡げると、寂しさの渡るグラウンドの上空を飛翔するように落ちていった。

屋上からは学園祭の衰退の様がよく見えた。

屋台や飾り物は既に解体され、鮮やかなゴミ山を築き、武骨な屋台骨を抱えた人が部室棟に併設された倉庫前にずらりと並んでいた。廃頽《はいたい》の濃い香りの中、グラウンドの中央では、学園祭準備委員と思しき生徒数名と先生が、大きな薪を井桁型に組み上げ、このあと行われる後夜祭の準備を着々と進めていた。

後夜祭こそが学園祭の本番だ、と言う者もいるほど、それは青春を謳歌することが学業より優先されがちな学生において、非常に重要なイベントに位置しているらしい。彼らの関心事は、火を囲って行われるフォークダンス中に、誰を連れ出すか、どこで告白するか、専らそこにあった。級友らも学園祭の片付けの最中、その話題でたいそう盛り上がり、矢野くんは、最後だしダメ元で告ってみっかな、と息巻いていた。三年生は最後とあって、どの学年よりも思いを告げる人は多いことだろう。それは好遥の下にも届くはずで、演劇を通してより決意した人もいるはずで、そう思うと胸が不思議とざわついた。

好遥の演劇は大盛況であった。

公演は立見席まで埋まり、劇が始まるとすぐにその完成度の高さに息を飲んだ。迫力のある演技、細かな小道具、緻密の配慮が施された照明や音楽。それらが一塊の帯となって情緒を頻りに揺すった。最後のシーンになると啜《すす》り泣く音が一面に咲き、隣に座る母と雪おばさんも周囲と違わず、ハンカチで目元を押さえながら舞台上の好遥を見守る中、僕は燃えるドレスに咲く彼女の白い肌が月光のように淡く優美に煌めくのを、公園でのひとときの記憶とともに、胸が詰まる思いで見つめた。

万雷の拍手がホール全面に舞う裡に舞台は終焉《しゅうえん》し、胸中の熱を抱えきれない者らが、恰《あたか》もその熱を体外へ放出するように、集《つど》って感想を渡らせるのをしかと耳にした。僕もまた等しく熱を持ったが、けれど吐き出すことなく今も胸中に強くあった。

この熱が尾を引くばかりに、どうも学園祭が終わった気がしない。けれど着々と薪は積まれ、倉庫前に並ぶ列も積まれたゴミも、その数を減らしていった。日もまた少し頭を下げ、校舎の影を伸ばした。冴え冴えとした夜気《やき》の兆しを含む風が前髪を攫《さら》う。

また一日が終わろうとしている。

今日が過ぎれば、またいつもの日常に戻る。それが名残惜しいのは学園祭が高校最後の行事だからか、と思い至るも、行事としてはまだ卒業式があったか、とやはり終わりを思い気が沈んだ。入学当初は気の遠くなる長さを覚えた学園生活もあと僅かとなり、全てが早足で過ぎゆく感覚が僕の気持ちを置き去りにして、日とともに巡る。その日の早さを思えば風に桜の香りが混ざるのも一瞬で、花弁の霞が立ち込める中、自覚の伴わぬうちに卒業を迎えていることだろう。身を取り巻く空気が陽気に緩めばもう屋上には立ち寄れず、たとえ町並みが変貌しようともその様は知ることが叶わない。眼前に広がる景色は有限で、僕にはもう時間がなかった。

薄紅色に染まる箱庭のように小さな町に春からの思い出を嵌《は》めて懐古する。それは存外広く町中に沁《し》み渡っていて、寂寥《せきりょう》感を多分に含んだ凩《こがらし》が胸を吹き抜けた。

校内放送と拡声器から準備作業終了の知らせが流れる。すると校舎から生徒がぞろぞろと現れ、グラウンドに集まり出した。それはまるで巣穴から這《は》い出る蟻のようで、暗い髪色がよりいっそうと想像を許した。響く指示によって、着々と人の輪ができる。ふと秩序に逆らい悪目立ちしている二人に目が留まった。矢野くんと関口さんである。一昨日の夜の続きか、関口さんが矢野くんを追いかけ回していた。心底どうでもよく、しかし暫しの時間潰しにはちょうどよく、その戯《たわむ》れを眺めているうちに空は暗くなり、薄暮が訪れた。

後夜祭の開会宣言から滑らかに点火式へと移り、号令とともに四つの火の玉がグラウンドに浮かぶと、木組を囲う生徒らから歓声や指笛が上がった。カウントダウンが始まる。十から徐々に数字が減るたび、声の気勢は強まり、熱狂の中、火の玉が木組へ近づいてゆく。僕もまた心中で一緒になって唱える。初めて見る後夜祭に胸が酷く高鳴っていた。

ゼロの掛け声とともに四つの火玉が木組みの中に次々と飛び込む。事前に何か仕掛けてあったのか、みるみるうちにそれは一つの大きな炎となって燃え上がり、暗いグラウンドの上に堂々と咲き誇った。届くはずのない遠くの炎。しかし見ているうちに不思議と熱が及び瞳や肌がちりちりした。

後夜祭の始まりを見届けると、大音声で流れる軽快な音楽のなか教室へ戻る。あの場にいてはカップルに出くわしかねず、自身が一時でも邪魔者になるのを避けたかった。

教室はすっかり学園祭の色を失っていた。無人で暗いことも相まって、とても侘《わび》しく映った。しかし注視すると後壁に屋台前で撮ったクラスの集合写真が画鋲で留められていた。誰かのチェキで撮った写真だ。そこには中腰の僕の姿もある。半端な笑みを浮かべる姿は明らかに異質であったが、肩に組まれた矢野くんの手が、僕をクラスの裡に留めていた。

窓際の前方。仄かに炎の灯りが差す内に身を置く。炎は烈《はげ》しく夜を燃やし、生徒らは大火に群がり、音に合わせ規則的に周囲を陽気に踊っていた。神様がいるとすれば、太陽系もこんな風に見えているのだろうか。

側の席に腰を下ろす。一学期最後に座っていた席である。あの頃と今とでは、僕を取り巻く状況はだいぶ変わったように思うも、こうして一抹の寂しさを覚えながら遠く窓一枚を介して眺めている今を思うと、そんなに変わっていない気もしてくる。だがやはり違いは確かにあって、それを夜に揺曳《ようえい》する炎を追いながら懐かしさとともに思い耽《ふけ》っていると、人影が二つ炎から遠ざかり闇に消えるのを見た。とうとう彼らの本番が始まったようだ。

初めに矢野くんを思った。彼のことだ。もうあの輪にはいないかもしれない。ダメ元と言っていたが、どうなっただろうか。それから話に加わっていた級友らの、決意で固くした顔を順に浮かべる。皆首尾よくいったのだろうか、と結果を思ううちにまた一組が夜へと消えていった。僕はその青春の輝かしい光景を、理由もなく酷く暗い気持ちで眺めた。

――もう帰ろうかな。

何曲目かも分からなくなり、あまり変わらぬ光景に飽きたこともあって、もういいか、と腰を上げ去ろうとした矢先、

「やっと見つけた」

雲間を抜ける月の光芒《こうぼう》のように、優しく澄んだ声が背後から差した。

振り返ると、ドアの先に好遥が立っていた。

「どうしたの、そんな変な顔しちゃって。見えにくいけど歩だもん。よく分かるよ」

彼女が近寄るたびに、穏やかな顔が月光に晒《さら》される。その青く浮かぶ彼女の姿を、瞬きも惜しんで見つめた。どうしてここに好遥がいるのだろうか。眼前の彼女は暗い教室に差し込む月明かりと炎の燦然《さんぜん》たる輝きが作り出した幻か、もしくはいつの間にか睡魔に捉われ見た夢が作り出した姿か。炎を囲う惑星の中に、もしくはその外れに連れていかれているものとばかり思っていたので、この場にいることが不思議でならなかった。

「グラウンドにいなかったから、探しにきちゃった。でもよかった、居てくれて。帰ってたらどうしようかと思ったわ」

優美な笑みを湛え月光に浸る彼女の姿は、幻想めいて美しかった。光に艶めく黒髪にすらりと流れる手。その左付け根に垂れかかる銀の四つ葉のブレスレット。彼女のあらゆる美は僕の内部の深くまで至り、柔らかな細胞を暴力的に燃やした。

ジリジリと焼ける胸に、裁縫針でチクッと刺したような鋭い痛みが走った。それは小さい頃、割ったコップを隠したときのような、中学生の頃、クラスの輪に溶け込もうと頑張ったけれど、できずに諦めてしまった時のような、罪悪感にも寂寥感にも似た痛みだった。

この疼きの根源を探るのは躊躇われた。一度辿《たど》り着いてしまえば、この時間を留める器が瓦解《がかい》し、もう二度と戻らない破壊の種を宿しているような気がして、それが我ながら怖ろしく、言葉で以て疼きを押し流す。

「踊らなくていいの？」

「少し踊ったんだけどね、もういいかなって」

「そっか」

「歩も踊ってみたらいいのに。楽しいよ？」

「ああいうのはなんか苦手っていうか――」

「うん、知ってる」

彼女は僕に全てを言わせなかった。

小さい頃から知っているから当然よ、と言わんばかりに得意げな笑みを浮かべて。好遥はどこか興奮しているようであった。いつもより会話のテンポが速く、それでいて声が妙に軽弾んで聞こえる。その自覚が、内に違和感を齎した。自分の知る彼女と比べてずれているような、それは水面に映る月のように、同じ形態でありながら何かが伴っていないしっくりとこない感覚。やはり眼前の彼女は幻なのではないだろうか。その晴れぬ疑念が、月暈のように頭に掛かる。

「ところで歩はここで何してたの？」

「特に何も。ただここでずっと後夜祭の様子を眺めてようと思って」

「そっか、ここからも見えるんだ。……ねえ。炎、だいぶ高くなったんじゃない？」

彼女の言葉通り、見ると炎はまた一段と、まるで力を誇示するように空高く赤い身を伸ばしていた。好遥が隣席に腰掛ける。僅かに香る石鹸の匂いのうちに、仄かな炭の燻《くすぶ》りを感じる。甘苦が混ざる香りに胸は熱くなり、痺れるような酔いが脳や心を巡った。

「もっと高く燃えるかな」

「もっと高く燃えるかもね」

「校舎くらい？」

「んー、もっとかも」

「じゃあ……、月？」

「そしたら今日が地球最後の日ってことかな」

そうかもね、と彼女が笑う。盛る炎の煽《あお》りと彼女の笑みを受けて、僕の心は更に烈しく燃え盛った。胸に燻る陰鬱な感情が大火の源となって発火し、塵に伏す。そうして胸中には心地よい充溢《じゅういつ》感だけが残った。

「学園祭終わるの寂しいなぁ」

一頻り笑うと、彼女の声が寂しく落ちた。

「そうだね」

「歩は学園祭楽しめた？」

「うん、今までで一番楽しかった。好遥は？」

「私も凄く楽しかったわ。ただパフェ貰いに行きそびれたのが心残りだけれど」

「まぁ忙しかったからね」

「それにもっと色々と回りたかったな」

「じゃあ大学でリベンジしようよ」

完全に訪れた自由のために心は調子をよくし、言葉が突っかかることなく口許《くちもと》を抜けた。

剥き身な言葉が声道を重く震わせ、過ぎ去った余韻の中、未来の話はこうも覚悟を要するものなのか、と遅れて自らの言葉に怯み、雄々しく膨らんだ気が萎《しぼ》む。

「——そうね」

「……受かるかな」

「受かるわよ」

「大丈夫かな」

「大丈夫よ」

まるで未来でも見てきたかのように彼女ははっきりと即座に答えた。少し大きな瞳が、自信を滾《たぎ》らせ真っ直ぐ僕に向く。あまりの強さに思わず視線を月に逃がす。だが月もまた彼女の瞳のように自信ありげに大きく空にあり、僕の目の裡で強く輝いた。月光の緩やかな波に、烈しい気も随分と落ち着き、すると水盤の表面に張る水膜のように、気がまたしても胸を超えて膨れ上がった。

「受かったらまた四年間一緒だね」

「――そうね」

「そうだ。好遥の推薦っていつ？」

思えば未だ訊けず終いであったと気づく。自分のことだけ気にしていればいいの、と彼女なら言うように思えたが、訊かぬ理由も見当たらなかった。

彼女は静かにグラウンドを見つめた。炎の盛りはその丈を僅かに落としていた。

「――ぁ」

『それでは次で最後です』

好遥の声に重なり、後夜祭の終焉を告げるアナウンスが響いた。

最後だって、と好遥が物憂げに呟く。

楽しかった学園祭がじきに終わる。そしてこの一時もまた終わる。終焉を受け入れられず、まだ続きを願って、けれど時間とは冷酷で、どれだけ願っても一コンマも遅れることなく、僕らの中を流れていく。あれだけ力強く夜空へ高々と燃えていた炎も、みるみる内に衰弱していく。終結の香りが充溢し、衰退の暗い影が胸を占めた。

「――ねえ、歩」

「ん？」

「踊ろっか」

「え？」

「踊ろ」

グラウンドを見つめたまま好遥が言う。

「でもさっきもう満足って――」

「いいじゃない、踊ろうよ！」

好遥は立ち上がると、右手を僕に伸ばした。

月の光に洗われた白い顔に花が一輪咲く。それは花弁が水晶のように透き通った、たとえ大女優を以てしても真似し難い、一点の穢れも曇りもない白無垢《しろむく》の花で、その貴い花弁が僕に絞られ咲くばかりに、我が身もまた等価であるように思われた。彼女の美の裡に唯一在る。この事実が、心を辷《すべ》りよく高揚させ、彼女の手を取らせた。

期末試験返却日の放課後、迷う僕を導くために好遥が手を取ってくれたあのときとは違う。あれから懸命に努めてきた。級友ができ、苦労も愉悦も共有した。映る世界は昔と比べると色鮮やかになり、遠いと思っていた彼女は手のひらの内にある。差し出されはしたが、自ら摑みにいったその手から伝わる熱が、ここ四カ月ほどの努力を認めてくれているように思え、安堵と誠の喜びで胸が充溢した。

「踊り方は知ってる？」

「自信はない、かな」

「それではエスコートしてあげましょう」

そう言ってお道化《どけ》ると、手を引いて机のない教室の後方へ移動した。

好遥の掛け声とともに、窓を越えて聞こえる音楽に合わせて踊り出す。流れるように踊る好遥と比べ、僕の足運びはたどたどしく、それでも次第に慣れてくると重い足も軽快になった。前へ後へ、ときには回り音楽を体現する。まるで五線譜に散りばめられた彩り豊かな音符の上を跳ね回っているようであった。

光と影の裡を順に巡る好遥の表情は、ずっと素敵に僕を見て微笑んでいた。

やはりここは夢の中か。もしこの瞬間が現実ならば、体の若さしか取り柄がない僕には、とても身に余る幸福ではないか。傍で花吹雪のように可憐に舞う好遥から漂う甘い香りが、繋ぐ手から伝わる弾力のある肉の感触が、僕の輪郭を曖昧《あいまい》にさせた。

一挙手一投足に心は大いに揺らめき、一節一秒が永遠にも感じる。心音が届いてないか心配で、手汗を不快がっていないか不安で、気恥ずかしさから早く解放されたいと望みながら、けれどこの時間がたまらなく幸福で、延々と続いてほしいと強く願った。

しかし五線譜の絨毯《じゅうたん》が縫い代なく裁断されたかのように、最後はあまりに呆気なく、余韻なく終えた。窓から拍手が聞こえる。だが僕はその音に賛同する気にはなれなかった。

好遥は手を繋いだまま、窓のほうを見つめていた。その表情は微妙な感情を浮かべていて、愛おしそうにも苦痛そうにも見えた。暫くそうしていたが、小さく息を吐くと、繋いでいた手をそっと放した。

好遥の感触が、手から失われる。甘く握られた手の内に過る涼しさが、好遥と確かに繋がっていたのだと知らせた。今し方の光景が一つ一つ断続的に脳裏に浮かぶ。胸が厳しい熱さに苛《さいな》まれ激しく痛み、僕はたまらなくて縋《すが》るように離れた手を再び摑んだ。

好遥が驚くのを手のひらの裡に、膨らむ体温とともに感じる。

この胸に宿る暴力的な熱の元である複雑な感情をどうにか言語化しようとして、けれどそれは鞄の底で丸まったイヤフォンのようにしがらんで全て解くのが難しかった。

それでも「楽しかった」や「ありがとう」や「大学でもよろしくね」と分離できた言葉だけでもせめて届けようと、ようやく心を奮い立たせ、月明かりに浮かぶ彼女を見つめ――、

「――推薦ね、取り止めたの」

「……えっ？」

「海外の大学に行こうと思って」

光暈《こううん》に呑まれ、その深さに思考が霞む。

彼女が何を言っているのか、白く思考が固まる僕には理解ができなかった。理解しようにも頭が、心がついてこない。ただ先まで熱く震えていた心が、急速に冷えていく悍ましい悪寒に似た感覚だけが真っ白な中にあった。

「だから歩と同じ大学には行けないわ」

身体から力が抜けてゆく。手のひらから溢れた好遥の手が、銀色の軌道を描き、腿《もも》

の上で弾け、そしてだらりと垂れる。

「……ごめんなさい」

遠くから後夜祭の閉会の挨拶が聞こえる。耳障りなノイズを纏うその声は、とても満足気で醜いほどに愉悦に浸かっていた。

五

カッカッカッ――。

チョークの筆記音が静かな教室の裡《うち》に鳴る。

来月にセンター試験を控えたことで授業はすっかり形態を変え、それに向けた対策とコツが淡々と黒板に板書されてゆくのを、苛立ちとともに見つめる。石灰が黒板を引っ掻くたびに、軽い無知性な音が脳と鼓膜を無秩序に無遠慮に叩くので、どうも気が立ってやまない。だがこの怒りは既に推薦による合格者が出ていることからくる重圧と、将来への暗澹《あんたん》とした気持ちによるものと知っているばかりに、苦い思いで飲み込むしかなかった。

大島先生が板書を止め、事細かく説明する。

十二月半ばだというのに大島先生の額には汗が浮かび、時折ハンカチで拭っていたが、それを見ても誰も声を潜めて笑ったり、悪い笑みで見つめ合ったりする者はいなかった。殆《ほとん》どが言葉に耳を傾け、相槌を打ち、勢いよくペンを走らせた。関口さんと付き合ってから授業態度が変わった矢野くんも、真面目にノートを取っているようだ。僕は板書されたものを最低限ノートに記入すると、草臥《くたび》れた英単語帳を開いた。僕らのために甚《いた》く詳しく説明してくれているところ悪いとは思ったが、控えたところで英語の点数が伸びるわけでもなく、今はそんな点数の足しにならぬ気持ちに構う余裕などなかった。

自身の内に静かに流れる重い音に耳を澄ましながら勉強していると、不意に乾いた弾ける音が聞こえたので驚きから顔を上げる。それは大島先生が手を叩いた音で、今日の授業はここまで、と言うや否や、放課後を告げる鐘が鳴った。

何人かが即座に席を立ち質問しに行く。大島先生はそれを丁寧に迎え入れた。他の科目に於《お》いても同様の光景をよく見かけた。彼らの真剣さと、それに必死に応えようとする教師の構造に、青春のほろ苦い眩さを覚えた。

急いで教室を出る生徒もいる。その殆どもまた他科目の教員に話を聴きに行っているか、塾に向かっているかだろう。だがその中に紛れ、既に受験を終えた生徒らもいて、日中気を使って静かでいるためか、廊下に出るとすぐ、今日はどこ行こうか、と声を弾ませた。

廊下に面した席のためにそれはよく聞こえ、呪詛《じゅそ》のように頭を巡るので耳を塞ぐ。

もう暫《しばら》く、学校を出るまで我慢できないものだろうか。気遣いが中途半端なために、どうも可哀想だと見下されているように思えて腹立たしい。結局彼らは自らの保身のために静かにしていたにすぎないのだ。それをさも気遣いのように振る舞って椅子に行儀よく座っているものだから悪質である。だが繕えきれぬ浅はかさを思うと、憐憫《れんびん》の情を催《もよお》した。

帰り支度を済ませ席を立つと、合わせて矢野くんが立つのが見えた。どうもこちらを見ているようであったが、一瞥もせずにマフラーを手にして緊張で殺伐とする教室を出た。

廊下は生徒で溢《あふ》れていた。だが人がいなくなるまで呑気に教室で本を読んでもいられず、またそんな時間も惜しく、肩や鞄《かばん》をぶつけながら、西日と影で染色された廊下を進む。

個別指導塾の講義までまだ時間はあったが、心はいち早く自習室に向かうことを望んでいた。排他的な重い空気は僕によく合い、家や学校よりも集中できた。学園祭の翌週に契約してから毎日欠かさず塾へ通い詰めている。もう図書室に行くこともあるまい。

階段を下りる直前、人を二、三人挟んだ距離に矢野くんがいるのを横目で捉《とら》えた。

もうずっと彼は下校時になると、グラウンドまでの道のりの間、そうやって子の遣いを心配げに見守る母のように、僕の少し後をついてきた。分かっている。彼はずっと気に掛けてくれているのだ。だが僕は今日もそれに気づかない振りをする。頼むから話しかけないでくれ、と強く祈りながら。階段を下りる足取りは、体重の殆どが踏み込む足に乗るだけあって、酷く重々しかった。

校門から伸びる坂道を下る。駅に着くと定期を改札に通し、タイミングよく来ていた電車に乗る。空いた車内には同校の生徒が数人いて、既に皆真剣に勉強に励んでいた。人のいない区画を探し、仕切りに寄りかかって勉強する女生徒の対角上に腰を下ろした。

名前も学年も知らない。だが努力を目撃すると、枯渇した心の底から気力が湧き起こり熱を持った。僕も負けじと英単語帳を取り出し、吐き出した熱い息とゴトゴト揺れる電車の音を隠れ蓑《みの》に単語を呟《つぶや》く。

この生活も早一カ月。往復一時間かけて都市部の塾に通うのも、車内での勉強も、季節が冬に移ろうとともに、すっかり身に入った。穏やかな放課後はもはや遠い記憶となり、恐怖や不安と戦いながら粛々と勉強するばかりとなった。だがやはり時間の足は速く、僕の意識を遥かに超えて進んだ。

時間の早さを思うと、少し先の未来を夢想してやまない。春から僕は何者になっているのだろうか。今と比べてどう変わっているのだろうか。想像は果てなく深まるばかりに、これはいけない、と頭を振って邪念を払う。

全ては春に定めた志望校に合格するため、今は一秒も無駄にできない。空想に励むより、眼前の英単語の習練に励むべきで、僕は強制的に意識を手元に向けた。大きすぎず、けれど自分の耳には届く程度の声量で呟く。するとすぐに嵌《は》まり、脳が集中を帯びた。

――いや、正直心に引っ掛かるものはある。

それは痛みを伴って、まるで訊問のように繰り返し僕に問い糺《ただ》す。一度立ち止まり耳を傾ければ、忽《たちま》ち足を絡み取られて身動きが取れなくなることだろう。だから齷齪《あくせく》と勉強をする。じっくりと余計な想いや気を単語が上書きしてくれるまで何度も、何往復も、繰り返す。いつも隣にいた、今はいない彼女を想うことなく、ただひたすらに。

漏れ出る香辛料の香りは玄関のドアを開けると一層強まり、二十一時を過ぎながら、昼から何も入れていない空いた腹に染み入ると、呻《うめ》き声のような音が鳴った。

居間から出てきた母と挨拶《あいさつ》を交わし、もう寝るから、と寝室に消える母の姿を横目に手洗いを済ませ椅子に腰掛ける。テーブルの上には一人分のカレーがあり、漂う湯気が鼻腔《びこう》を抜けるといよいよ理性が限界に達し、スプーンで並々に掬《すく》うと勢いよく口に運んだ。

三口も食べればようやく落ち着き、擦《す》り減った気も直り、時間が惜しいと英単語帳を取り出した。自習室のように上手く集中はできないが、しないよりましである。

食事中の勉強について、母と一度喧嘩して以来、母は同じ食卓に着かなくなり、帰ってくるとすぐに寝室へ行くようになった。父は何も言わなかったが、やはり僕のいる間は居間に近寄らなくなっていた。

家族の態度と醸す重々しい雰囲気から、悪いのは自身かと脳が捉えるも、受験という分水嶺《ぶんすいれい》を前に真剣になるのは当然だと、正当と信じる理由から認識を看過し、ひたすら己の内に宿る熱にのみ目を配った。このあって然るべき情熱が、けれど僕の場合は崩壊的で危ういものであると自認している。

人と違い、志望校で何かを成したいという夢や理想で以《もっ》て燃えているわけではない。あるのは意地となけなしの気力をかき集めて燃える空っぽの炎。惨めたらしい炎である。この炎は動力になりこそすれ、気を大いに疲弊させた。正しくない。そう知りながら、それでもこの炎は受験合格への大事な誘導灯であり、絶やすわけにはいかなかった。

最後の一口を頬張ると、ソファーに丁寧に折り畳《たた》まれたジャージに着替える。受験のために好きな読書は止められたが、走ることは止められなかった。この慣習を捨てたとき、いよいよ全てが止まり瓦解《がかい》してしまう気がして怖ろしく、距離を短くして走り続けた。走っている間、邪念は僕に寄らず、その時間が重々しい日々の中で何よりの救いであった。

音楽プレーヤーをポケットに突っ込み、ランニングシューズをつっかけ家を出る。底からくる寒さに体が震える。だがそれが冬の冷たい夜気《やき》のためによるものか、看過し続けている心底からくるものか、それらはあまりに似通っていてどちらか分からなかった。


変化とはいつも突然に、こちらの心具合を考慮せずにやってくる。春のときも思えばそうであったたか、と放課後の鐘とともに僕に声を掛けてきた矢野くんの緊張した面持ちを見て思い出す。一体何用だろうか。心はざわつき、寒気が賤《いや》しく背筋に沁《し》みる。このまま何も話さず卒業するものとばかり思っていたので、彼の言葉が僕に向けられたことに驚きと重ねて恐怖が過った。耳を塞ぎ、即座の逃走を望んだが、足は反してその場に留まった。

「あまり大した話じゃないんだが――」

相変わらず雑味のある口調ながら、声の調子は努めて優しく遠慮が見えた。慎重に選んでいるのか、葛藤を秘めているのか、言葉は続かず唸《うな》り声が上がる。眉間《みけん》の皺が深まってゆくのを、緊張の心持ちで見つめる。暫《しば》し隔たれば、会話の調子も忘れる。だがこうも不自由になるものなのか。自然に話せていた昔が、却って不思議でならなかった。

暫くすると何かの決断が彼の内でなされ、けざやかに表情から迷いが失せると、来週の金曜日空いているか、と言った。

「その日は塾があるけど……」

ちょうど授業中に今後の勉強スケジュールを組んだばかりに、来週の金曜日が冬休み初日であるとすぐに理解した。長期休暇ではあるが、受験勉強で予定は全て埋まっている。空いている日もなければ、ましてや休む暇もない。寧《むし》ろセンター試験までの日数を思うとまるで時間は足りず、いよいよ走るのをやめねばならないのか、と救いの慣習を手放すのを惜しんでいたところであった。

「そっか。夕方くらいから街に出てクリスマスパーティすんだけど、栗村《くりむら》もこいよ」

これまでは一日を独立したものと見ず、試験までの長い道程《どうてい》の一部として見ていたために気が付かなかったが、そうか。もうそんな時期だったか——。

抉《えぐ》られるような痛みが胸に起きる。

その甘えを自覚し、けれど決して認められなかった。義務で厚塗りし、何度も按じて心を固める。勉強しなければならぬと、そのために他に費やす時間などないと。全ては志望校に合格するために……。

「ごめん、いけない」

「塾終わってから少しでいいからさ」

「ごめん」

「ほんの少しでいいんだ。遅くまでやる予定だし、な？」

「だから行けないって言ってるでしょ、しつこいなぁ！　そもそもさ——」

——そんな余裕あるの。途端に込み上げた苛立ちから言い掛け、言うべきでないと鎮める。僕には関係のないことで、全ては本人の自己責任の話である。口を挟むだけお節介で、それをしたところで面倒が増えるだけだ。だが言葉は媒体を変えて届いたようで、一瞬矢野くんの顔に自嘲じみた苦い笑みが覗いた。

「そうだよな、忙しいのに悪かった。ごめんな。また誘うわ」

じゃあ、と快活に笑ってみせると、自席に戻っていった。彼のデリカシーに欠ける誘いを疎《うと》ましく思いながら、その背中はとても寂しそうで、彼の優しさを幾度も不意にする自分の弱さと腐敗の深さにつくづく嫌気がした。

どうしてこんなことになってしまったのか。

幸福の実体は喪失で空いた穴の輪郭を以て知る。その喪失の深さを測り、春からの日々がそうであったと、今更ながらに思う。いつから掛け間違えていたのだろうか。もしあの頃に戻れたらそれに気づいて回避できただろうか。だがもう戻ることはできず、僕はまた緩くなった気の地盤をはたいて硬くすると、集まる視線から逃げるように教室を出た。

晩になって夜は深まり、もう寝ようかという時分、矢野くんからメールが届いた。そこには放課後のことについての謝罪と、気が変わったらいつでも来てくれ、と開催場所や時間、参加する人の名前が書いてあった。

そのうちの一人の名前に目が留まる。

誘いに乗ることが珍しいとされる女の子の名がそこにはあった。

僕はクリスマス会の裏に潜む二つの催しを察し、返事もせずに携帯の電源を切ると、閉じたばかりの問題集をまた開いた。

一頻《しき》り問題を解いたところで、今は何時かと振り返り様にふと窓を見れば、来たときには日の光で薄白く輝いていた窓は、セメントで塗り固められたかのように暗く真っ黒で、広い自習室の裡に一人椅子に凭《もた》れ掛かりぼんやりと視線を投げる無様な若者の寂寥《せきりょう》たる様をけざやかに映し出していた。暗い縁取りから目を離し辺りを見渡すも、何物も現れず、耳を澄ましてみれば、筆記音も紙を捲《めく》る音もしない。物々しいエアコンの送風音だけが僕とともに静寂のうちにあった。

普段遅くまで人がいながら、今日に限っていないのは、偏《ひとえ》にクリスマスだからだろうか。すりガラスがまだ白く発光する時分、着いたこの街は地元と違ってまるで別世界のようであった。至る箇所にリースや雪を模した綿や雪だるまが装飾され、駅や店のスピーカーから陽気なクリスマスソングが繚乱と流れていた。どこからか焼けたチキンの香ばしい匂いやバターの甘い香りもしていて、思い出しただけで空いた腹が苦し気に鳴った。

結局普段と変わらなかったか、と八時と少しを指す時計を見て思う。受験生に休みはないとは自らの言葉ながら、聖夜遅くまで一人塾で勉強している自分が酷く矮小な存在に思えて、いよいよ身が朽ちて空洞を生んだのか、感じ得ないはずの冬の夜気が内を過ぎた。

余裕がないから仕方がない。そう得心しながらも、矢野くんらは同じ街のどこかで楽しくパーティしているのだと思うと素直に割り切れず、丸まった画用紙のようにくしゃりと何かが内で潰れる嫌な感覚があった。

——実は私、サンタさんとお友達なの。

ふと小学三年生のとき、向こうの家で行われたクリスマス会での夜のことを思い出した。

子供二人横並びに敷かれた蒲団の中、すっかり遊び疲れて寝ようとする僕に、歩《あゆむ》にだけ教えてあげる。秘密よ、と声を潜めそう言ったのだ。少しでも声量を抑えようと口許《くちもと》を蒲団で覆う姿は、豆電球の怪しい橙の光に薄ら染まってえらく艶めかしく、初々しい美の萌《きざ》しを、恰《あたか》もそれが佳人《かじん》に対する礼儀であるかのように、息を飲んで見つめた。

美に対する敬意が沈黙として現れたばかりに、彼女はそれが疑いによるものと勘違いしたらしく、信じてないでしょ、と顔を顰《しか》めた。慌てて否定するも、必死のあまり音量調整を忘れ、すると襖越しから早く寝なさい、と母の注意が飛んできた。そう注意されてはこれ以上話し難く、ましてや秘密事ならなおさらである。そう思い消沈していると、彼女は静かにね、と声をいっそう殺して微笑むと、こっそりと話の続きを聞かせてくれた。

――私たちいい子にしてたから、今年は特別にサンタさんがプレゼント二つ用意してくれたんだって。

――ええ、本当よ。明日の朝が楽しみね。

翌朝、言葉通りそれぞれの枕元に包装紙につつまれた箱が二つ置かれていた。僕はすっかり信じ、興奮から色んな質問をした。どんな容姿なのか。声は低いのか高いのか。身長は、匂いは。それらは全てすらすらと答えられ、僕は聞いた情報を基に、それから暫くと特徴の合う人物を探しては後を追いかけた。そのせいで迷子センターに呼ばれたこともあったか。五年生のときに偶然真実を知りながら、それでもクリスマスが近づくと変わらず胸は不安と期待で高鳴った。

そうだ。小さい頃はクリスマスが近づくといつもプレゼントがもらえるか不安で、けれどいつも胸を弾ませ心待ちにしていた。いつからだろう、クリスマスと聞いて心が揺れなくなったのは。いつからこうもつまらない人間になってしまったのだろうか。

自身の腐敗は酷く、臭いの悪さに吐き気と眩暈がした。この場にいてはより強まると、急いで片付け椅子をしまうと、嫌な感覚を断ち切るように部屋のスイッチを落とした。

塾から出ると、芯のある冷気が外套を抜け身に深く寄ったばかりに、底から震えが込み上がる。その寒気を悍《おぞ》ましく思うのは、夜と溶け合った建物や電柱の影が足首に絡むためか。街灯や店舗の厳しい灯りのためにそれは足元に留まったが、時折光の間隙を縫って弱い身体を執拗《しつよう》に襲った。

闇に捕らわれれば歩けなくなる、と灯下に移る。だがそれはそれで醜く無様な痩躯《そうく》が一体悲しく晒《さら》されるばかりとなり、夜に逃げたくなる。街行く人の目が集まり、こんな日に暗い顔で膨れた鞄を持って、なんて奇妙で薄気味悪いやつだ、とつくづく眺められているように思われ鋭い鳴りが冷たく胸元を渡った。

——受験があるから仕方ないじゃないか。

言い訳は誰にも届かず、胸中に反響する。それが心に響くために船酔いに似た不快感で頭が重々しくなる。光の裡にいながら夜の霞が濃く掛かっているようで、どうも晴れない。身を凌辱《りょうじょく》する灯りに救いを求め、手を翳《かざ》してみるが、機械的な光はやはり冷たく、陽光にある温かさが欠落していた。何もない、味気なく冷たい非人道的な偽物の光であった。

──思えば夏にも同じことをしたっけ。

バーベキューから帰ってきたときのこと。あのときも冷たく、それを寂しく思ったが、内には熱が確《しか》とあり、未来への期待が煌々《こうこう》と燃え盛っていた。だが今はそれさえすっかり冷えきり、街灯の光のように虚《うつ》ろであった。

さすれば熱を失ったこの心もまた偽物か。

ふと浮かんだ疑念は、しかし判断がつくほど賢くもなければ、大人でもなかった。

街灯傍の雑貨屋の窓辺で、掌大ほどの雪だるまがリズムよく首を振りながら鎮座しているのを見つけ心が寄り掛けるも、体の痛みや光の不等さに気づき苦痛と混ざり身に戻った。

君もまた僕を可笑しな目で見るのか。無機質な黒い瞳を向けられ、静かに悲しみが渡る。

街に多くの人がいながら、結局一人か、と行き場のない思いを燻《くすぶ》らせながら、逃げるように地元へ向かう電車に乗り込んだ。

改札から離れた車両から降り、ゆっくり歩くうちにホームには誰もいなくなり、静かななか改札を抜ける。だだ広い無人のロータリーから見る地元の街並みは、等間隔に薄明かりの街灯が並ぶばかりで、殆どが暗い天幕の張る夜空と混ざり合っていた。

暗い夜道を慣れた足取りで、三方に伸びる道の真ん中を行こうとし、ふと歩みが止まる。真っ直ぐ行けば自宅のある住宅地に繋がるが、そのまま日を終えるのを今更になって惜しんだ。

左の道は学校に通じるためよく知るが、町工場や養鶏場のある郊外に通じる右の道は、駅向こうに渡る踏切が道すがらにあるため、丘の公園へ行くのに昔はよく使ったが、もう何年と行っていない。ふと思い出して遠方を望むと、昔ながらの平屋や田園が広がる先に、夜より深い丘の影が悠然と見えた。

——まだあるのかな。

屋上で耳にした言葉が過り、すると心が忙しくなく働き、行かねばならぬという義が身を貫いた。どこかあの遠くに望む暗く大きな影を被る丘の上から、公園が僕を呼んでいる気さえする。それを気のせいと知り、帰って勉強せねばと理解しながら、けれど行かねばたちまち自らの義と反目し、自我を形成するものが瓦解してしまうように思えて、軋《きし》む胸を指針に右の道を進んだ。

線路を渡って、陰る丘の麓《ふもと》を目指し歩く。

よく踏切が上がるのを合図に、麓まで競走した。近くに感じるも意外と距離があり、途中で疲れから走るのを止め、止まらぬ背中を見ながら一人歩いていたものである。

あれから歳を重ね、身体は見違えて大きくなった。毎日走ったおかげで体力もついた。今ならあの麓まで走りきることができるだろう。だがそれでもきっと敵わず、やはり背中を追うのだろう。昔からそうだ。いつも先を行くばかりに、僕より後ろにいる姿が想像できなかった。眼前には明確な隔たりがあり、それは呪《のろ》いのように一生つき纏《まと》うのだと思うと、気が暗がりに沈んだ。

昔のように一人この道を歩く。

けれど先行く背中はもうない。

思わず苦笑が漏れる。

もう関係がないのに、考えまいとしていたのに、それでも一人になるとふと思い出してしまう。それが惨めで情けなくて、不甲斐《ふがい》なさに笑いが腹の底から込み上げてくる。

この一年、変化の自覚は幾度とあった。また成長の萌しも自身の裡に感じていた。そのたび僕もまた変われるのだと、心は悦《よろこ》び高鳴った。だが傷が癒えるように、すっかり身に起きた変化も春前に戻された。いや却って酷く醜いものに成り果てたか。それでもこの一年が無駄でなかったと証明するために、今はただ足掻くしかない。いつの日か本当に変われると願い信じ、ただ盲目と……。

麓に着くと、松林の繁る間に伸びる道を上る。街灯は乏しく、頭上もすっかり木で覆われていて暗がりのなか足元も覚束《おぼつか》ない。昔はよく狸や猫、稀《まれ》に狐を見かけたが、もういなくなってしまったのか、辺りには一人分の足音と衣擦れの音、時折風が木々を揺らす乾いた音が夜のしじまを縫って響くだけであった。

有刺鉄線の巡る薄気味悪く光る発電所を過ぎ、暫く舗装された道を進むと、頂上までまだ途上ながら、視界が大きく開けた。混凝土《コンクリート》と土の境、最奥に生える一本の古い松の傍《かたわ》らに、頂上に向かってくねりながら伸びる木組の階段が見えた。それらはまるで時間と隔たれていたかのように、変わらぬ相貌のまま薄暗い街灯の下にあった。

駐車場脇にある砂利道もまた変容ない。繁る木々を潜ったその先は墓場ながら、高々と聳《そび》える木々のうちに、苔生《こけむ》した石畳が天鵞絨《ビロード》のように美しく地に渡る綺麗な場所であった。名の知らぬ白い花でもひとたびそこに咲けば、たいそう品のよい高潔さを花弁の縁まで漲《みなぎ》らせた。何度か公園に行く前に付き合いで寄ったが、そこに跪《ひざまず》き先祖に祈りを捧げる姿はえらく清浄で、鼓動の速さを痛みとともに胸に起こした。

きっとそこも変わらぬと思いながら、やはり目でその有り様を確認したく、けれど血縁でないものが晩にいきなり現れては迷惑か、と松の木の下まで行き、老木の割れた木肌の粗さを手袋越しに感じながら階段を上った。幾ら上っても空は遠く、星は小さいままながら、頂上は一段上がるたびに身に迫り、すると緊張と恐怖が胸中に充溢《じゅういつ》した。六年の隔たりは僕には重く、背は頼りなく年寄りのように曲がる。いや、それは以前からであったか。

中学生の僕の心が丈夫でないために、関係は隔たれ、自ずとこの場からも遠ざかった。あのときからどう変わっているか想像もできない。もしかしたら僕らを最後に誰も訪れず、そのために閉園しているかもしれない。さすればそれは僕のせいだ。六年越しに自ら罪を、弱さの結末を暴きに訪れたようで、空《から》のままえずくのに似た軋む痛みが胸元に回る。

もう帰ろう、と耳元で声がする。靴が砂利を嚙む音が臆病をけしかける。けれど現状を目撃しなければ帰れないと、躊躇《ためら》う足を無理に進める。木組の段差が高いために、足を上げるのにいつもより多くの力と気力を要した。

ようやく頂上に辿《たど》り着くと、月と街灯の光が綯《な》い交ぜるうちに、懐かしい姿を認めた。昔と変わらずあったか、と胸が安らぐ。遊具も錆びついていながら、まだ遊べそうだ。風のためか、ブランコは軋んだ音を立てながら前後に軽く揺れていた。ふと傍らにコーラの缶を見つけた。持つとまだ中身が半分ほど残っているようで液体の揺れる重さがあった。置き捨てとはいただけないが、けれど人が来ていたことへの嬉しさが勝り、思わず頬が緩んだ。中身を流しゴミ箱に捨てる。缶は乾いた音を立てながらゴミ箱の底を転がった。

仄暗《ほのぐら》い自販機に寄ると、表面が薄汚れていてディスプレイの中に枯葉が入り込んでいた。だがまだ現役のようで、お金を入れてみると、ボタンが妖しく緑色に光った。

僕の手はそこで初めて迷った。

季節問わず、いつもここに来るとコーラを飲んだ。喉奥で弾けた炭酸が、甘味とともに疲れた身体に沁み渡ってゆく感覚がたまらなく爽快で心地よかったからである。

その恢復《かいふく》する様を、なぜかいつも和んだ表情で飲み物片手に見てきた。飲み物はマスカットジュースからいつしかコーヒーに変わり、小学生ながら涼し気に飲むので一度美味しいのか訊《き》くと、飲みかけの缶を手渡してきた。過る想像のために熱くなる顔を見られまいと、缶を覗き込むように伏せ袖で口元を拭ってから一口戴くと、途端に不快な苦味が脳を揺らし、水道まで全力で走って口内を濯《すす》いだ。

――もう、歩はまだまだ子供なんだから。

彼女は帰ってくるなり、そう言って笑った。

それからどんなに勧められても、脳があの苦味を覚えているために再度挑戦する気になれず、一度も口にしていない。だがもうあれからかなりの月日が経った。小学生だった僕は義務教育を終え、高校生になった。来年には大学生の歳になり、あと二年もすればお酒が飲める歳になる。靴も服もサイズが小さくなって買い替えることもなく、すっかり大人の体に成長した。あのとき苦かったコーヒーも、今では美味しく感じるかもしれない。

一瞬の躊躇いを置いて、コーヒーを選ぶ。喧《やかま》しく缶が受け取り口に転がってくると、その音にびっくりしたのか、何かが自販機の後ろの坂を駆け降りる音がした。急な物音に驚きながらも、動物がいたことが嬉しく、また自販機の横から伸びる獣道をまだ使っていたか、と喜びが更に増した。獣道は墓に続き、よく挨拶後に駆け上がったものである。

コーヒーを取り出すと、とても温かく、手に汗を覚えて手袋を外す。冬の夜気はえらく冷えたが、辿り着くまでにすっかり体は温まっていて、その冷たさがちょうどよくあった。

さっきまで揺れていたブランコに腰掛けると缶の蓋《ふた》を開け、恐る恐る口にする。

「……にがっ」

ほろ苦い香りが鼻腔を突き抜ける。どうも味覚は変わりなかったらしい。久し振りに飲んだコーヒーは、やはり得意になれそうになかった。微糖とありながら、口内から甘味を見いだせず、それでも呼吸を止め、また一口と流し込む。何度飲んでも苦味は初々しく訪れるために、都度悶《もだ》え呻きながら、それでもようやくと一缶全て飲み終えたときには身体の内が猛烈に火照《ほて》り、マフラーを脱いで暫し冬の夜風に熱い首元を晒す。それを心地よく感じるのは、僅かながら確かな成長を実感できたためか。空のスチール缶が誇らしい。

身体がほどよく冷えてから再びマフラーを巻き直して誇りをゴミ箱に捨てると、その足で展望台に上がった。見上げると相変わらず星がよく見えた。どうも記憶よりも空が広いように思うのは身長が伸びたからだろう。幼い僕を邪魔していた塀は、もう視界を妨げることなく静かに僕の手の掛かるのを許した。

この丘には多くの思い出がある。

未だ鮮明に浮かぶそれらは、水飴のように琥珀《こはく》に輝く甘い記憶のはずなのに、今の僕にはコーヒーのように暗く苦々しく、そのために悪性の感冒《かんぼう》に侵されたように頭が酷く重ったるくなり、痺《しび》れる痛みが内々を巡る。

彼女の決断の理由を僕は知らない。

留学までして何をしたいのか。なぜ大学の留学プログラムでは駄目だったのか。どうして卒業式を待たず日本を発つ決断をしたのか。

全ては秘密裏に進められた。夏休みには留学を決め、学園祭準備の裏で留学に向けた準備をしていたという。英語の小説を読むようになったのも、勉強会に忙しさからあまり来なくなったのも、全てはそのためであったかと、言われて初めて分かった。彼女の心は白く濁る息のように掴《つか》めず、結局のところ、僕は彼女のことについて何も知らないのだ。

六月、雨音響く図書室で将来就きたい職業の話になったときも、小さい頃、願い事をしにこの展望台で流星群を観に来たときも、最近では四つ葉のクローバーのブレスレットに願いを込めたときもそうだ。秘密、とそうはぐらかしてばかりで、いつだって彼女は自分の思いを口にしてこなかった。人には執拗に聞くくせに、自分事となると、とんと話したがらない。彼女の秘密主義は行き過ぎた、もはや病気の類であった。

——人には約束破るな、っていうくせに、自分は簡単に破るんだね。

葉の擦《こす》れる騒めきのうちに自らの声が蘇る。

それは眠る記憶を起こした。あの日喉を焼いた声を、あの時脳を裂いた悲痛の叫びを、酷く見窄《みすぼ》らしく失墜する明瞭な美の凋落《ちょうらく》を……。

——嘘つき。

穏やかな夜空を見つめる。浮かぶ月は下弦を残して夜に溶け、瞬く星の間を、真似て光る人工衛星がのんびりと夜空に動く。

後夜祭でのひとときは、振り返るにあまりに辛く、向き合えば忽ち心に絡み歩けなくなる。だからあれから随分と経った今も正しく向き合えず、勉強に逃げる。彼女の弁明を聞きたくないと遮《さえぎ》り、教室を一人去ったあと、暗い廊下に響いた声から目を背ける。

あのとき僕は確かに酷く怒っていた。しかし今となってはどうだろうか。向き合わず目を逸《そ》らす今、自分でもよく分からなかった。いつかあの一夜と正しく向き合えたとき、ようやく理解ができるのだろう。だがそれは胸の疼《うず》きを思えば当分先のことに思えた。

今はまだ向き合うだけの強さがない。

いつか正しく向き合えるほど強くなれるだろうか——。

雄大な夜空を背に丘を下る。

帰り道、一つ道を外れて見知った家の前を通った。まだ遊んでいるのか、二階の部屋の電気は暗いままであった。

僕は足元にある小石を軽く蹴飛ばした。

年末年始も休まず勉強している内に、気づけば短い冬休みが明け、寒さをおして登校すれば通学路の両脇に生える丸裸の木が、侘《わび》しさを繁らせ、ただ惨めに黙して立っていた。

何かの葉が風に吹かれ転がる乾いた音に終わりを思いながら単語帳を捲っていくうちに、坂上に見慣れた久しい建築が現れた。

教室に入ると中はとても薄暗く、誰しもが電気をつけず、またカーテンも閉めたままの不健康な空間のうちに、ひっそりと息を潜めるようにして黙々と勉強をしていた。漂う空気は重々しく、今朝から街の空を厚く覆う煤色の雲のようであった。

前方の入り口からは、クラスメイトの顔がよく見えた。その顔は目元に痣のような大きい隈を湛《たた》え、痩けた頬が土気色に染まっていた。鬼面じみた相貌ながら怖さがないのは、今朝方それと似たものを洗面所の鏡で見たためか。却って安心さえする。僕だけじゃない、皆も同じく苦しんでいるのだと。

しかしその想念が他者への依存からくるものと気づき、自らの弱さを思いこめかみがきりきりと痛んだ。自らと他人を明確に隔てていた一年前にはなかった脆さである。深くで人に縋《すが》るようになっては一人立ちもままならず、むしろ遠くなったように思え、するとこれまで奮励努力してきた時間が途端に朽ちてゆき、喪失が色濃く胸に充溢するも、今はそんな暇はない、と歯を食いしばって堪え、出席番号順に配列された席に着き、参考書のつまる重い鞄の中から一冊を選《すぐ》って取り出した。

新本の参考書がどれも酷く傷むほど勉強していながら、入れ込む情報量が多過ぎるあまり、次々と記憶から抜けてしまい、まるで霧を一掴みずつポケットに入れて蒐《しゅう》集《しゅう》しているような、途方もない虚しさが募る。けれど本番を来週に控えた今、自らの地頭の弱さに嘆く時間はなく、ただ懸命に信じてやりきることしかできなかった。

睡眠時間は日に日に減少してゆくも、倒れてしまっては全てが水泡に帰してしまう。無理をしながら体調にも気を払わなければならない。それがまた一段と勉強を難しくさせた。

暫くしてトイレに行こうと椅子を引いて立ち上がると、甲高い摩擦音が教室を切り裂いて渡った。その不快な音に反応して、教室中の視線が僕に集まった。向けられた視線は様々で、何事かと驚きの目をしている人もいれば、迷惑そうに眉間に皺を寄せ睥睨《へいげい》している人もいた。それらは全て無言の裡に行われた。

気味の悪い奴らめ、と腹心で毒づきながら廊下へ出る。すると辺りには誰もおらず、前学期にあった騒がしさは鳴りを潜めていた。大変静かながら、しかと耳を澄ませば、筆記音や紙の擦れる音が微かに聞こえ、また話し声や笑い声も下からくぐもって響いた。音の輪郭は曖昧《あいまい》で、足元から聞こえる窮屈な音だけが確かであった。まるで眼前の細い道が僕のためだけにあるように思え、その逞《たくま》しい想像のために、窓から覗く空は変わらず分厚い雲に覆われ非常に重々しくあったが、さっきまで鬱蒼《うっそう》としていた気は僅かと晴れた。

トイレを一教室分挟んだところで、ふと蛇口が捻《ひね》られた窮屈な甲高い音と、それに続いて地鳴りのような流水音が聞こえた。それは暫し足音を攫《さら》ったが、止まると忽ち音を足元に返した。だが一人分足音が多い。摩擦の少ない軽やかな、三階に充《み》ちる重苦しい雰囲気に合わぬ、それは陽気な足音であった。

距離からして対面することは避けられそうになく、どこか気まずさを思ううちに、女子トイレから一人の女生徒が現れた。その姿に思わず足が止まり、瞠目《どうもく》する。相手もまた僕の存在を認めると、立ち止まり両手で握った薄水色のハンカチを胸元でぎゅっと握った。薄い桜色の唇が締まる。その花弁からどんな声がするのか、僕はよく知っている。

後夜祭振りの対面であった。あれから二カ月と経ったか。それほどの時間の推移がありながら、あの日のことを拒絶する気は変わらずと僕の内情を包んでいた。だが暫し内をみれば、確かに熱はあるも、それは怒りによる赫々《かくかく》たる粗暴な熱とは違い、蒸気のように実体の不可解な熱が胸奥を巨大に渡っていた。

この気持ちは何か、と思ううちに始業五分前の鐘が鳴った。それはまるで別棟から響いたように、遠く小さく聞こえた。鐘の音にすっかり覚めると、このまま立ち止まっては良くないことが起こるように思え、侘しく垂れる校旗のように頭をだらりと落として歩を進める。足音が一つ鳴る。二つには増えない。足元から鳴る窮屈な音が、体の深くからも鋭い痛みとともに聞こえた。

——何も話さないでくれ。そう祈りながら教室の地窓を頼りに歩く。

「私、再来週の土曜日には日本を出るわ」

けれど願いは届かず、すれ違いざま、玲瓏《れいろう》とした声が耳を抜けた。それは僕の知る声ながら、どこか記憶の声よりも硬く少し低さを感じる声であった。

僕は何も返さず、ただ無心に、それが最大の義務であるかのように、速度を保って歩く。

彼女も返事があると思っていなかったのだろう。一瞬、言葉を待っているかのようなタメがありながらも、すぐさま言葉を紡いだ。

「あと少しだけど、今年もよろしくね」

哀愁も冷静を努めた硬い色もない。それは幾度となく僕の耳をくすぐらせた懐かしい陽だまり香る優しく温かな声であった。

一つ音が新たに鳴る。二つの音が遠ざかる。

唇をきつく嚙み締める。

新年になっても、気持ちを新たにできない人もいる。そうしたほうがいいと分かっていながら、前を向けない人もいる。皆が当然とするそれを、僕はできずにいる。受験のこともそう。彼女のこともそう。僕の年は未だ暗く、明けてなどいない。

まだ微かと聞こえる靴音に耳を立てながら、便所サンダルを上履きのまま乱暴に履いた。


冬の寒さはまるで衰えず、却って強まるばかりで身に酷く堪えるも、家を出る際に流れたニュースによれば、この寒さもまだ途上で、来週には更に冷え込むらしい。昨年はどう乗り切っただろうか、と思うもまるで思い出せず、自らの記憶領域の狭さを嘆く。

過ぎたものは時間とともに消えゆく。

――だからいつかこの鬱蒼とした気も忘れることだろう。

夏には稼働していなかったエアコンが喚きながら吐き出す温風の恩恵の薄い席で、

徒然《つれづれ》と時計を眺めながらそう思ううちに、長針がぴくっと動き、想念を破る終業の鐘が鳴った。解放の音とともに何人かの女生徒が終礼を待たず、勢いよく教室を飛び出していった。その品性の欠けた行いを、けれど先生はまるで咎《とが》めず、却って手早く終礼を済ますと、他の生徒が慌ただしく教室から出ていくのを、優しい笑みを湛えて見つめていた。

他の教室からも同じように行儀の悪い音が篠突く雨のように次々と聞こえる。

朝からずっとこの調子である。授業が終わるたびに多くの生徒が教室を出て行った。トイレの帰り掛け、一つの教室に人が多く群がるのを見た。外まで人が溢れ、その人溜りの中には違う色の上履きの生徒もいた。誰もがほしいままに群がるその光景は、教室を貪り尽くそうとする餓えた獣の群衆の図であった。

センター試験は過ぎたが、未だ受験の緊張の最中にある。それなのに大勢に教室を乱されては心中穏やかではいられない。群がられた教室の生徒にとっては厄災《やくさい》であり、大層な迷惑である。それでも怒声や注意する声がないのは、それが一日限りのことで、止めようのないことだと分かっているからなのだろう。

もしくはこんな日に諍《いさか》いは似つかわしくないということか――。

今日は彼女の最後の登校日であった。

出国は明日ながら、彼女は最後まで授業に出席し続けたらしい。先生たちはその心意気にえらく感心したようで、授業の合間に立派だとよく褒めた。

彼女が多くの好意と憧憬《しょうけい》を集めていたことは、群衆を見れば明らかであった。誰しもが最後に視線の繋がりだけでも求め、それ故に教室に詰め掛けた。群れ成して生きてきた人間の本質、元来持ち合わせる繋がりへの執着。それが見えたとき、僕にはその感覚を自分の裡に上手く捉えることができなかった。

無人の机の上に残された筆箱や教科書や鞄が、異様さを際立たせる。教室内は大変静かで、外の騒がしさがよく通った。

「まだ話してないのか？」

帰り支度を終え、立ち上がった矢先、後背から太い声がした。振り返ると矢野くんと関口さんが、青草を齧《かじ》ったような苦々しい顔を浮かべ立っていた。その張り詰めた空気から、彼らが意を決して、僕と話すために残るという選択をしたのだと分かった。

さっさと皆のように教室に行けばよかったのに、と心中で毒づく。僕には何の用もなければ、話したいこともない。自分の都合だけ勘定に入れて話しかけるなど、あまりに独善的すぎる了見ではないだろうか。

「……なんのこと？」

「小林さんとずっと話してないんだろ?」

彼の長《た》けた瞳が白《しら》を切って流そうとする心の裡を暴《あば》く。銛《もり》で射抜くように、素早く本題を刺されたために惚《ほう》けてかわすこともままならず、ようやく半身の身体を彼に向ける。だが彼らは無関係の人間であり、誠実に応対する義理もなければ、ましてやあれこれと詮索され、口を出される謂われもない。しっかり返事するのが憚《はばか》られ、視線と一緒に言葉を適当に濁して放り投げる。

「……まぁ、ね」

「話さなくていいのか」

「……このあと塾あるから」

「前もってあんたにちゃんと話したんでしょ。なら応援してあげなさいよ。男でしょ」

関口さんが割って入る。眉間の皮が深く波打ち、瞳に凄《すご》みが帯びる。近くの机に荒々しく腰掛けこちらを睨《にら》む姿に、昔ならきっと心が慌てふためいていたことだろう。だが一つの疑念が蛍火のように灯るばかりに、酷く冷めた心地で鋭い視線を見つめ返した。

「……どこで聞いたの?」

あの晩のことは誰にも言っていない。それなのになぜ彼女は、知っているような口ぶりで話したのか。この二カ月ほどの僕の態度から、何か察することはできたとしても、僕が事前に留学の話を聞いていたことまで、どうして彼女が分かろうか。きっと彼女は知っているのだ。あの晩のことを。推量ではなく断定された情報として。そして矢野くんも……。

僕にとってそれは盗みと同義であった。

「クリスマスに小林さんから聞いたよ」

「……そう」

矢野くんが答える。疑念が手のひらに流れ着いた一枚の雪の欠片のように身に溶け、そして一筋の傷を生んだ。どうやら自身でも気づかぬうちに、彼女の罪に失望しながらも、彼女の堅固さ、秘匿性《ひとく》をえらく信頼していたらしい。彼女の秘密主義は病気ではなかったのだ。事実が冷たく傷口に沁み入る。焼けるような疼きが起きる。それを堪えるのに息を詰めたばかりに、返事が喉に重く響いた。

「小林さん辛そうだったぞ。面《つら》こそ笑ってたけど、もう泣いてるようにしか見えなかったわ。でもさ、元気にしてるかとか、クラスではどうとか、受験勉強は順調かとか、口を開けばすぐお前の心配ばかりなんだぜ。パーティを途中で帰ったのも、きっ

と お前に悪いって思ったんじゃねえかな」

耳が聞きたくもない言葉を摑んで運んでくる。それは鉄の雨のように重く身体を叩き続けた。閉口し、裡に起きるものを押し殺し、ただ彼らが黙って去るのを願った。

けれど願いは届かず、言葉は止まない。

「俺らは事の全てを知らねえ。でもよ、小林さんが栗村との約束を破ってまで留学を決めたのには、何か理由があるんじゃねえかな。小林さんがでたらめに人を傷つけるようなやつじゃないってことくらい、お前も分かってんだろ？　なぁ栗村、このまま何も話さずさよならで、本当にお前はそれでいいのかよ」

彼の口調は熱を帯び、瞳は揺らぐことなく真っ直ぐと僕を捉えていた。関口さんも黙って僕の返事を睨みながらも待っている。彼らがどんな答えを求めているか、その問いかけから、確信めいた予感を以て分かる。だからこそ選択を誤ることは造作もなかった。

「そう言ってくれ、ってお願いされたの？」

「いや、ちげえけど……」

「じゃあさ、ほっといてくれないかな。二人には関係ないでしょ」

猛《たけ》る感情を堪えるあまり、頭が酷く痛む。

たとえ彼らの望み通り話して理由を聞いたところで、あの日のことがなくなるわけでも、留学の話がなくなるわけでもない。それなのに話してなんの意味があるというのだろうか。彼らの意図がまるで理解できなかった。それよりも早く気を休めて身を蝕《むしば》む苦痛から解き放たれたかった。だが二双の瞳がそれを阻むばかりに苦痛に縛られ、その不自由さが、酷く気を逆撫でた。

「栗村……」

「理由？　そんなのどうだっていい。嘘を吐いて僕を騙《だま》した。約束を破った。どんな理由があったとしても事実そうでしょ。言い訳もその罪を薄めるための工作に過ぎないのに、それを聞いたところで何の益があるの？」

我慢も限界だった。罵るたびに拍車をかけて苛立ちが募る。耳鳴りが酷い。彼らの驚いた表情が酷く間抜けで、それが更に苛立つ。

「どうせ辛そうだったってのも、演技だよ。彼女演技だけは上手いからね。早く帰ったのも、その会がつまらなかったからじゃない？」

痛みが膨れて頭の中を喚き散らす。

もう彼の顔は見えなくなっていた。ただ燃え盛る怒りのままに罵倒の言葉を走らせる。

「お、お前、それ本気で言ってんのか?」

「本気じゃなかったらなに。あんなやつさっさとどこへでも行けばいいんだ。それなのにみんなからもてはやされたいばかりにしぶとく学校に残って。どれだけ承認欲求高いんだよ。ほんとつくづく気味の悪い――」

――パンッ。破裂音とともに不意に視界がぶれ、教室の横壁に止まる。

一瞬我が身に何が起きたのか、意識が白んで捉えられなかった。だが暫くと遅れてやってきた頰の痛みから、忽ち状況を理解した。僕は頰を叩かれたのだ。

今まで人に頰を叩かれたことがあったか、と振り返ってみてもまるで思い当たらない。するとこれまでの人生で味わってきた痛みは、精神によるものだけであり、それがこの人生におけるせめてもの救いか、と思い至るも、たった今それさえ失ってしまったのだと、ヒリヒリと痛む頰を以て喪失を知る。

――いや、以前におでこを弾かれたことがあったか。

「いい加減にしなさいよ!」

電流が走ったような衝撃が脳に起きる。

ずれた視界を戻すと、いつの間にか立ち上がっていた関口さんが、眉を吊り上げ、もう一発叩きかねない剣幕でこちらを睨んでいた。僕は未だ白さの残る思考の裡に、彼女の猫目な瞳を見つめる。そこには薄っすら光が滲《にじ》んで見えた。怒りが白濁のなかに溺《おぼ》れてゆく。

静まった胸奥は嵐の過ぎた湖畔《こはん》のように驚くほど静かで、そして悲しい音がした。

「あの子が今まであんたのためにどれだけ傷ついて悩んできたか、知ってる？　色んなものを犠牲にしてきて、それでもあんたが大事だからってずっと堪えてきたのよ！　それなのにあんたは何。約束のひとつ破られたくらいでうじうじとみっともなく傷ついて、情けない姿晒し続けて。そんなに周りから同情されたかった？　可哀想だねって慰めてほしかった？　悲劇のヒロインぶりやがって、ふざけんじゃないわよ。今のあんたのほうがよっぽど気持ち悪いわ！」

「――圭子《けいこ》」

「あんたがどれだけその約束とやらを大事に思ってたかは知らない。でもいい加減、自分を可愛がるのはやめて、ちゃんと向き合ってあげなさいよ。ちゃんと声を聴いてあげなさいよ。もしまだできないって言うんなら、できるまでその頬何度でもひっぱたいてやるわ！」

「おい落ち着けって」

矢野くんが関口さんの両肩に手を置き制止する。関口さんは舌打ちで返事をすると、また机の上にドサッと腰を下ろした。

僕は何の言葉も返すことができず、胸の裡に起きた痛みの鼓動に暫し耳を傾けた。それは老木の風に吹かれ軋む窮屈な音によく似ていながら、張り詰めた冷たさがあった。

「確かに俺らには関係ないかもしれない。けど友達としてもう少しだけ話をさせてほしい」

項垂《うなだ》れそうになる頭を懸命に留め、矢野くんを見る。彼の目はとても優しい目をしていた。光の宿る温かな懐かしい目であった。

「口は悪いが、俺もこいつと同じ気持ちだ」

僕のよりずっと太い親指が関口さんを指す。

関口さんは舌打ちこそすれども、何も言わなかった。彼女の瞳は未だ怒りの内にいたが、邪魔をしないためか、苛立つ気を押し殺して黙り込んでいた。僕はそこに粗雑ながら信頼の煌《きらめ》きを見た。僕らの間にあったはずのものとはまるで異なる、鍛え抜かれた刀身のように強固で純粋な逞《たくま》しい美の煌きを……。

矢野くんが唇を緩める。

「自分と向き合うのは辛えし、痛えよ。でもなその痛みから逃げちゃ駄目なんだよ。

逃げたら今は楽かもしんねえ。けどな、その痛みは必ず後になって何倍にもなって返ってくんだよ。そのときは大抵もう取り返しがつかねえ。そうなったら絶対後悔すんぞ。ずっとその痛みを引き摺《ず》って生きていくのか？　俺はさ、友達のお前にはそんな思いをしてほしくないだけなんだよ。許してやれとは言わない。ただ取り返しがつかなくなる前に、一度しっかり自分と向き合って考えてほしい。その上で、良かれと思うことを選べばいい。そしたらそれがたとえどんな決断であっても、俺はそれを尊重するよ」

　傷だらけで荒れた拳が僕の胸を叩く。

「一人で何でも抱えこもうとすんな。お前は一人じゃない。俺がいる。辛かったらいつでも頼ってくれればいい。悩んだらいつでも相談しにくればいい。どうだ、そしたらちょっとは自分と向き合えんだろ」

　あれなかった後悔が、ありたかった未来が彼に重なる。信頼に心を浸し、瞳のうちを色めかせる。――そんな未来が僕にもあったのだろうか。

　矢野くんに優しく引かれ、関口さんが立ち上がる。表情は曇ったままだが、殺伐とした雰囲気はすっかりなくなっていた。

「さっきは叩いてごめん。でもこれだけは覚えておいて。あの子は人より少し優しくてできがいいだけの、ただの十八の女の子よ」

そう言って二人は教室を出て行った。

残された教室で一人重い溜息《ためいき》を吐く。

徐《おもむろ》に机に腰を掛ける。全身から力が抜ける。知らぬうちに握っていた拳を開くと、手のひらにくっきりと痣のような痛々しい爪痕があった。

取り返しがつかなくなる前に――、か。

仰いだ天井に無数の穴を見た。

それは吸音のためだと言っていた。さほど関心がなく、気にも留めなかったその言葉を、あのときの彼女はどんな調子で話していただろうか。

同じ大学に行くと、学園祭一緒に巡ると、そう告げたときの彼女の反応は、勉強会の最中、荘厳《そうごん》な雰囲気のうちにふと視線が重なったときの彼女の表情はどうだっただろうか。

――それらは僕にどんな感情を与えてくれただろうか。

天井に散らばる無数の死んだ星の数にも劣らない彼女との思い出が、雨の雫のように脳裏に降り注ぎ、彩りをもって蘇る。それは使い終わったパレットのように様々な色が鮮やかに溶け合い、灰色の濃淡に色を加えた。

蘇る思い出のうちに映る彼女を思う。

そこでの彼女は水上の景色のように揺らぎながらも、どれもが確かな幸福の裡に、まるで柔らかに咲き開く花のような優しい笑みを表情一面に咲かせていた。

――僕との時間はいい退屈凌《しの》ぎになったかい。ボッチがありもしない餌《えさ》を求めて懸命になる姿はさぞ滑稽《こっけい》で笑えたことだろうね。

留学を言われたとき、それまでの心地よい日常は全て嘘であったのか、と喪失感による苦痛のあまり、酷い言葉を沢山と投げた。だが全てが嘘でなかったのだ。そこには確かに本物もあったのだ。僕はその本物さえ自らの手で、穢《けが》してしまっていたのだ。彼女はあんなにも優しい言葉で、笑顔で、ときに冗談で以て何度となく励ましてくれたというのに。

彼女の嘘に悪意はない。矢野くんらはそう言っていた。何か理由があるのだと。だがそんなことは言われなくても疾うに分かっていた。ずっと前から自らの判断の誤りに気づいていた。だが気づいたところで、どうしていいかが分からないのだ。

自分と向き合うことで生じる痛みに、恥に、僕はきっと耐えられない。それは死ぬまで僕を追い詰め、やがて命をも奪うことだろう。僕は僕を守るために、心を殺したのだ。

関口さんはその行動を、自分が可愛いがためだと言った。

彼女は乱暴な口ぶりながら、内実はとても人想いであることを知っている。そしてそれは矢野くんにも同じことが言えた。

彼らはどうしようもないほどに優しい。

だからこそ、目を逸らすなと言うのだろう。

逃げるな、と厳しく告げるのだろう。

自分と向き合ったうえで、良かれと思うことを選べばいい、と矢野くんは言った。

僕はまだ怖くて、あれだけ言われた後も机にだらしなく身を委《ゆだ》ねるだけで、気持ちと向き合えずに震えている。ただこれもまた彼の言う知るべき痛みなのかもしれない。

夏にあれだけ騒いでいた蟬はもういない。

そよ吹く風に擦れ合う葉の音も聞こえない。

変化に適応する力がなければ、環境が変わったとき、そのものは生きることができない。それは今まで絶滅していった生き物たちもそう。今はもういない蟬も、青葉もそうだ。

変わることのできない僕もまた同じである。

変わろうと思った。でも変われなかった。いつも同じところを旋回しては戻ってしまう。それが不甲斐なくて自らの欠陥を嘆くばかりであった。だが痛みから逃げてきた結果が今の望まぬ形であるのなら、痛みに立ち向かったとき、別の新しい道筋ができるのだろうか。痛みを以て、ようやくと望む変化を得られるのだろうか。

止まらぬ煩悶《はんもん》を抱えたまま重い腰を上げる。

心の重さを身に十分と感じながら教室を出ると、彼女の教室の前には変わらず人だかりができていた。その中には下級生の姿も見える。いつもは避けるその賑わいを、けれど気づけば群衆に足を向け進んでいた。

着いた折に教室の様子を覗くと、群衆の隙間から彼女の顔が一瞬見えた。その表情は遠目からでも分かるほど嬉しそうで、幼さも仄かに残る十八の女の子の笑顔であった。

いつかの右手の記憶が、僕を強く責め立てる。

彼女と対等でいたい。彼女のように自分の瞳に映る世界を見て、心から綺麗に笑えるようになりたい。その願いのためならば、心の傷さえ厭《いと》わず、勇気を奮って進み続けると、そう自分自身に誓ったはずなのに、いつしか忘れ、自らの期待を裏切ってしまった。いや、彼女と自分とを明確に隔てていた時点で、その誓いは間違いだったのだろう。

果たして僕は彼女を十八の女の子としてちゃんと見てあげられていただろうか。神格化されていない、ありのままの彼女を――。

彼らに言われた言葉が脳内に反響する。言葉や思いが針や糸のように、心を刺しては絡まり、胸の内がきつく締めあげられた。その痛みは酷く重く、こめかみに響く。こんな状態ではとても勉強する気になれず、これもまた逃げていることになるのか、と思いながらも学校を出るとまっすぐ家へと向かった。

日の沈まぬ内に家路につくのは半年ぶりのことであった。あの頃と空は同じく朱色《しゅいろ》に染まりながら、けれど隣には誰もおらず、一人静かに道を行く。

鼻が傍の家から漏れた夕飯の匂いを捉える。美味しそうな匂いが道からすると、彼女はいつもお腹が空いたと言って薄い腹を摩《さす》っていたか。その記憶はたった半年前のことながら、とても遠い記憶のように思えた。

――一緒の大学に行けたらいいな。

彼女が不意に呟いた一言から始まった約束のために、あの頃の僕は懸命になって勉強をした。たとえ学力に見合わないから志望校を変更したほうがいいと先生に言われても、約束を守るのが当然と、頑《かたく》なに志望校を変えなかった。だがそもそもとして、どうして僕はその言葉を聞いて相槌程度で収めず、一緒の大学に行こうと言ったのだろうか。

久し振りに幼馴染と話せたことが嬉しくて、気分が良かったからだろうか。大学探しが面倒で、適当に便乗しただけだったのだろうか。たとえばそれら全てが正しかったとして、その一時的な感情から発したものとして、どうして——、どうして勉強漬けの日々にあれほど居心地の良さを感じていたのだろうか。

苦しくて辛くて、心が蝕まれ抜け殻になってしまいそうな日々に、どうして僕は充実感を抱いていたのか。あの頃と比べてさほど勉強時間も変わらないというのに、どうして今これほどまでに苦しくて辛いのか。

彼女がいない。たったそれだけで、どうしてこれほどまで心模様が違ってくるのか——。

——どうして。

自問を幾ら繰り返しても答えは見つからず、しまいに家に着いても脳裏を巡るばかりに、そのまま部屋に入って制服も着替えぬまま掛布団を頭から被った。現実から逃げるためでなく、自分としっかり向き合うために。

部屋の外で、母が何か言っている気がした。

そんなことさえはっきりとしないほど、滂沱《ぼうだ》たる自問と向かい合う。

逃げたかった。何もかもを忘れて、痛みに鈍感《どんかん》なままのうのうと平和な日々を過ごしたかった。辛いのも痛いのも苦しいのも、僕は知りたくなかった。それでも、繰り返す。

どうして、と。

あらゆる兆しを置き去りに唐突と鳴った喧しい着信音のために、形而上《けいじじょう》的なうちにあった意識が緩やかと覚醒する。どうやら考え込むうちに眠っていたらしい。それも長いこと眠っていたようで、起きはしたものの、未だ頭は酷くぼんやりとしていて、まるで泥沼が纏わりついているようであった。目覚めは顔を水中から出すのに似ている、と何かの本でそう表現されるのを見た記憶があるが、言葉のような爽快さはまるでなく、却って誰の何の本であったか思い出せずにより悶々《もんもん》と鈍い頭のうちを巡る。意識は定まる気配をみせず、けれど着信音が否応なく急かし続けるために、蒲団からのそのそと這《は》い出ると、記憶と音を頼りに真っ暗な部屋の中から鞄を探し、携帯を取り出す。

「……なに」

「どうしたの、具合でも悪いの？」

電話は母からであった。想像通りながら、しかし一体何用か。なぜそんなことを聞くのか。分からず暫し訝《いぶか》しむも、塾へ行かず長いこと部屋にこもれば心配にもなるか、と自らの行動を顧みて今更になって恥じ入る。

「もう良くなったから大丈夫」

「……そう、夕飯はどうする？」

「少しでいいや」

「なら早く下りてらっしゃい」

その言葉を以て母は電話を切った。携帯のスピーカーから無機質な音が断続的に鳴る。切れば忽ちと訪れる静寂の重さを思うと、肉感のない音さえ惜しく、また夢へと深まりそうで、そのままだらりと手を垂らし、ベッドに仰向けになって倒れ込んだ。本当はご飯なんていらない。ただ無駄に心配されるほうが、気が重かった。

瞳を閉じて自らの心に耳を澄ます。

未だ覚めきらぬ頭に、はっきりと語り掛ける声がある。しかしそれは携帯から鳴る音のように続かず、余韻《よいん》を残して萎《しぼ》んで消えてゆく。言葉にならず、けれどそれに伴う痛みだけはしかと胸奥に起こる。声が過るたび、それは針となって柔な青い心を深く鋭く刺した。

一体、この痛みは何なのだろうか。

その問いかけにまた一段と痛みが増す。僕はこの痛みを知っている。この鋭さ、この冷たさを。けれどどこで得たものであったか。輪から外されたときとも、大切な本を濡らしてしまったときともどこか違う。この胸の締められる感覚の、その痛みの意味は何であるのか、暗い胸底に投げても沈むばかりで答えは何も浮かんでこなかった。

聞こえる声と痛みに思いを巡らすうちに、ふと異質を感じ閉じていた瞼を開く。すると真っ暗なはずの部屋に時折緑色の光の鼓動するのが見えた。携帯の通知ランプだ。この光からそれが着信によるものか、メールによるものか、経験不足から判断し兼ねたが、どちらにせよ母の心配の度合いを知り、早く向かわねば、と宛先を失って久しい通話を切った。

静けさを埋める音が消える。すると自らの息が微かに震えているのが聞こえ、今更ながら寒さに凍えているのだと気がついた。歯がかち合うほどではないにせよ、四肢の末端がいやに冷たい。足先を擦り合わせてみれば、暫し温まりはしたものの、止めると悍ましい感覚が忽ち戻り、また寒さから息が震えた。暗い部屋で一人寒さに身を震わすことの、なんと惨めなことか。緑色の光に晒され闇に妖しく浮かぶ姿は、半年前と体型がさほど変わらないながら、その頃と比べると灰のように貧しく、酷く無様で孤独であった。

胸中に冷たい砂がさらさらと零《こぼ》れる裡に画面を待ち受けに切り替える。購入当初から変わらない黒い画面の下部に、新着メールの通知が届いていた。どうも先の電話は、何度かメールで送っても返事がないために、痺れを切らしてしたものらしい。鼓動する眩い緑色の光が、母の気遣いによる副次的なはたらきであり、自ら隔てた家族との距離の遠さからくるものであると知ると、たちどころに光に晒された身がいっそう醜く穢れて見えた。

受信ボックスを開いた勢いのままメールを開封する。文字に気遣いの影が辷《すべ》る。いくら無碍《むげ》に扱われようとも、母は母を止めることができない。その強い慈愛の枷《かせ》が強く深く文面に表れているために、想像を絶する身の痛みを以て生んでくれた母の、心をも痛めているのか、と罪の自覚に鼓動が重く早まる。

それは惓れども変わらず、一通ずつ自らの罪深さを嚙み締めて読み進めてゆくうちに、ふと一通のメールに目が留まった。母のメールの間にそれはひっそりと栞《しおり》のように挟まっており、気づけば上体を起こし、画面に映る宛先の名を食い入るように見つめていた。

何度瞬いても変わらない。よく知る名が、幾度となく呼んできた名が、今見るには痛く辛さの伴う名が、発光する画面の裡に、無機質の文体で以て太々と表れていた。それは何の変哲もないただの文字ながら、まるで息づいているかのように意志を持って身に流れ、揺さぶり、深々と内面に沈んでいった。

分からない。どうして今になってメールを寄越してきたのだろうか。丘の上の公園で待っている。時間の指定もない簡素な本文からは到底推し量れず、標なく暗中を歩くような、漠然とした不安と恐怖が過る。半年前ならば、青草を見つけた羊のように誘いに胸を弾ませ、直ちに向かったことだろう。けれどその苦さを知った今、逡巡《しゅんじゅん》から足が止まる。鉛を呑み込んだかのように胸奥が重い。毒草であれ薬草であれ、行けば戻れなくなると、直感が告げている。その変化への敏感な予感が茫漠《ぼうばく》と痼《しこ》る不安と恐怖を増幅させた。

――僕はどうしたいのだろうか。

人と隔たれ、一人本の泉に浸かり、知識を掬ってはそこはかとなさと燦きで心を潤す人とは違う生き方。そんな日々は平和であった。悩むことも、傷つくこともない。どこまでも穏やかで静かな暮らしであった。春に再び彼女と関わるまで、特に苦とも思わず、その生活に納得し満足さえしていた。

今ならばまだあの頃に戻れる。

世界は灰に覆われ、色も香りもない。けれどそれを取り払おうとしたからこそ分かる。灰は僕が降らせたのだ。雛を翼で以て庇護する親鳥のように、傷つきやすい柔な心を守るために、全てを灰の下に埋めたのだ。

変化を求めるということは、即ちその命を守護する灰を払うことであり、未熟な身のまま外気の毒の前に晒すことである。灰を失えば、柔な心の外殻は忽ちと砕かれ、裡に壮絶な痛みを齎《もたら》すことだろう。それは頬を叩かれるよりもずっと痛く、自らの命を危険に晒す自傷行為に他ならない。

焦がれた姿が、目指した世界の在り様が、憧憬に狂った目が見せた虚構であり、全貌の一欠片にすぎないと知った今、そんな虚ろなもののために、命を賭けるリスクを背負ってまで変わる必要は果たしてあるのだろうか。そこまでする理由が果たしてあるのだろうか。

進むことが必ずしも正しいとは限らない。

変わらなければいけないわけではない。

彼女との目も眩むほどに甘美な日々は、きっと長い夢か何かだったのだ。未だ濃く残るあの頃の陽だまりのように温かな日々の香りも、香りが齎す憂節も、いずれ灰に沈んで忘れゆくことだろう。鮮やかな色彩であった、という記憶だけを夢のように残して……。

瞼を伏せ、暗く静かなうちに心を委ねて改めて自らに向けて問う。

――答えは既に決まっていた。

携帯を閉じる。自分の意志を確かな個とするように、雄々しく床を足先で摑んで立ち上がる。背筋が正されると、意志もまた真っ直ぐと体の芯を通る。方向性は定まった。暗い部屋を出て階段を下りる。居間に着くとテーブルに食事を並べる母の姿を見た。

「ほら、早く食べちゃいなさい」

とても素っ気ない言葉ながら、それは僕に変な気を使わせまいと、敢《あ》えて努めているように思えた。ご飯を作った苦労を、それを温め直した手間を、一切感じさせない。強い慈愛からくる配慮がひしひしと伝わるばかりに、それを無碍にした罪悪感が空いた腹に充ちる。早く元気に食べる姿を見せて安心させたいと思った。母の見せる強い情愛に応えたいと思った。少し丸まった母の背を見据える。

「母さん、ごめん。ちょっと出掛けてくる」

「……そう、行ってらっしゃい」

弾け飛ぶように勢いよく家を飛び出した。

掛けられた言葉に背を押され、夜を走る。

変わりたいと願ったあのときの気持ちが本物であると信じたかった。痛みと向き合った先に何があるのか、面白味のない灰色の世界がどう彩ってゆくのか確かめたかった。何よりあの居心地のよかった日々を知った今、もう昔のようには戻れなかった。

変わりたい。そう願ったあのときから、僕は疾うに進んでいたのだ。

冷たい夜風が制服の薄い生地の隙間から入り込む。けれど止まらず、胸の突き上げる熱のままに静まり返る住宅街の中、丘を目指して駆ける。

焦がれた日々は、成りたいと願った姿は表面的なものであると知った。それを全てとした願いは虚であった。けれどその虚構を、幻想を本物とするために、僕は変わりたいと思った。日の裏にある影を、美が背負う苦悩を、正しく知りたい。きっとそのために傷つくだろう。痛みから涙も出るだろう。けれどもう傷つくことから逃げるのは止めたのだ。

どうしてそこまでするのか。

どうしてそこまでして頑張ろうとするのか。

足が勢いよく夜を蹴り上げるたびに、多くの浮かぶ疑問に幾らか理由が浮かぶも、どれも腹に落ちず夜に溶ける。未だ煩悶は止まず、その答えを見つけられずにいる。けれど今はそれでいい。間違えながら、迷いながら、それでも諦めずと進んでゆけば、いつかは分かる日が来るだろう。そしていつしか答えと巡り合ったとき、きっと憧憬して止まない世界が眼前に広がっていることだろう。そんな確信めいた予感が胸中に強く瞬いた。

未だ住宅街を抜けず、辺りは静かで走り出してから誰ともすれ違わなかった。メールが届いてからもう随分と経つ。まだ丘の上の公園で待っているのだろうか。一言連絡を入れるべきであったか、と思うも、結局どう返事していいか分からず、余計に待たせてしまうことになるだろう。今はそんな時間さえ惜しく、加えて自らの気の高揚《こうよう》を鑑みるに、立ち止まってなどいられなかった。

関口さんに言われた言葉が脳裏にリフレインする。

彼女が僕のために何を犠牲にして苦しんできたのかは知らない。嘘を吐いた理由がそこに繋がるのかは知らない。けれど今度こそ正しく彼女と向き合って、後夜祭のとき塞いでしまった彼女の言葉を聴けば何か分かるのだろうか。恐怖は拭えたわけじゃない。それでも僕は僕の願いを叶えんがために夜を走る。

草臥れたローファーに収まる足が悲鳴を上げる。けれど構わず走る。走れなくなっても歩いて、そしてまた走り出す。それを何度繰り返したことだろう。胸の熱さは変わらずとも体が追いつかず、終いには歩いている時間のほうが長くなっていき、そうしてようやく公園のある丘の麓に辿り着いたときには、心臓が張り裂けそうなほど激しく脈打っていた。

息が細切れた小さな雲になって虚空に消える。体力は既に限界を超えた。息は絶え絶えで、口内が鉄臭い。体の至る箇所から、もう動けないと悲鳴が上がる。それでも休まず鉄塊のように重い足を引き摺りながら森に消える坂道を進む。もう動かないと思っても、暗い道を一人で行く心細さに、起きる未来の暗澹《あんたん》さに足が竦《すく》んでしまいそうになっても、丘の頂上で待っているであろう彼女を思えば自ずと足は進んだ。

暗い道の裡に、疲労から朦朧《もうろう》する脳裏の裡に、彼女の姿が泡立つ。

雨の中、お気に入りの青い合羽と黄色の長靴を履いてはしゃぐ幼い彼女の姿を。消しゴムを失くして、けれど誰にも貸してと言えずべそをかいていた僕に、躊躇いもなく新品の消しゴムを割って渡してくれたまだ子供な彼女の姿を。関係が隔たれ、一人で静まった校舎を出るときに時折見かけた少し大人になった彼女の姿を。金色《こんじき》に染まる図書室で真剣に、けれど穏やかな表情を浮かべて勉強に取り組むすっかり綺麗になった彼女の姿を……。

気づけば頭上は開き、幾らか星が見えた。足裏に針葉樹の葉が転がる感覚もない。老松の横を通り過ぎ、階段を上がる。身体はすっかりと疲れ切っていた。だが砂利の音が鳴るたびに心は緊張から引き締まった。携帯のデジタル時計は二十一時五十八分を表示していた。中途半端な時刻は、けれどもうじき二十二時になり半端者でなくなる。僕もまた半端者を止めるため後夜祭から止まったままの時間を進めなければならない。

――正面から風が吹いた。音に耳を澄ます。

都心や隣街が生み出す喧騒《けんそう》とはまるで違う、穏やかで優しい音色に緊張が解《ほぐ》れる。やはりこの場所は好きだ。いつだって穏やかに変わらぬ姿のまま迎え入れてくれる。何より空が好きだ。都会の卑しく奔放な光の裡にいては見えそうにない弱い星さえ、しかと見え、どの星も一帯の光に溺れることなく自由に遊泳していた。そんな宝石のように輝く星に富んだ黒いキャンバスに浮かぶ月は、一見満月のようで、だが丸みが少し足りなかった。裸樹になりきれぬ木に、禿の目立つ古い芝。多くの半端者が息づき集《つど》う自然の中――、

「歩、遅刻だよ」

僕をここへ呼び出した相手が、か細い電灯の光の下で静かにブランコに腰掛けてこ

ちらを見つめていた。

「好遥《こはる》……」

痛みとともに無意識に零れる。後夜祭以降、口にすることを意識的に避けてきたというのに、ブランコに座る彼女の姿を目にした途端、反射的にその名を呼んでいた。受験勉強を隠れ蓑に、彼女との日々を忘れようとした。けれどもそのたびに、明けゆく空を這う朱色の輝きのように、閉ざした記憶がしみじみと明らかになった。

結局のところ、僕は彼女のことを一度たりとも忘れることができなかったのだ。

「いつまでそこに立ってるの？」

玲瓏とした声が夜のしじまに鳴る。

肩口から覗く小さな彼女の顔は、濃い影の内にいながら微笑を浮かべているのが見えた。

「ご、ごめん」

「ほら早くこっちおいでよ」

隣の空いたブランコを軽く叩く。

怪訝《けげん》に思いながらも傍に寄ると、彼女の足元に紙袋と学校指定の鞄があった。小さくて赤い繊細そうな花弁が、人見知りの子供のように紙袋から少しだけ顔を出して静かにこちらを覗いていた。ブランコに腰を下ろすと、好遥は嬉しそうにはにかんだ。

大人一人が通れるほどの距離。僕らを分かつその距離は、昔と変わらないはずなのに、けれどあの頃よりもずっと遠くに感じた。小さかった頃よりも多分に手が届きながら、頭の中で建前や言い訳をこね回して、結果昔よりも手が届かなくなってしまう。きっとそうやって抱えた不自由の分だけ、僕らは大人になっていくのだろう。

「ねぇ、どうしたのその格好。上着は？」

「えっと……、忘れてきた」

「うそ、こんな寒いのに……」

彼女は俄《にわ》かに自分の首に巻いていたマフラーを脱ぐと、これを巻いて、とブランコから身を乗り出して僕の首元にそれを掛けた。北欧柄のそのマフラーは、見た目さながら暖かく、今しがた好遥が着用していたこともあり、柔らかな石鹸の優しい香りがした。

「あげたわけじゃないからね？」

お礼を言うと、彼女はそう言って微笑んだ。

「……分かってるよ」

微笑む彼女を見て見失った気持ちを、マフラーの具合を直して誤魔化《ごまか》す。けれど動かせば忽ちと好遥の香りが立ち昇るために、気が更に遠のき暗がりに霞んだ。

「はい。あげるのはこっち」

差し出された手には真っ赤に映えるコーラの缶が握られていた。

缶の冷たさを不安がる好遥から、お礼を言って受け取ると、確かに氷のようにえらく冷たく、手の皮がひっつく感覚があった。だが飲めないほどではない。

「辛かったら捨ててもいいからね？　それとも……、こっちと交換する？」

「……まだ飲めないからいい」

くるくるとコーヒー缶を見せつけるように回す好遥を横目に貰った缶を開ける。プルタブを引っ張るとコーラの飛沫《しぶき》が跳ね、上蓋に付着した。

「そうだと思った」

好遥が得意気に笑う。返す言葉が思いつかず、静寂に堪えかねてコーラを飲む。胃に流れるコーラの冷たさに芯から凍てつくも、濃密な甘味と爽快な炭酸の刺激に気が冴《さ》え冴《ざ》えとした。ふとその開放の心地のうちに視線を感じ隣を見ると、先までご機嫌だった好遥が、不満気にこちらを見ていた。

「な、なに？」

「乾杯、まだなんだけど」

主張するように軽く持ち上げられた缶が、ダッフルコートのボタンに当たり、先走った愚鈍な者を小突くように軽い音を鳴らした。

「あっ、……ごめん」

「もう、気が早過ぎ」

彼女が缶を突き出す。その表情は未だ不機嫌そうながら、口端に笑みが覗いていた。

「乾杯」

「か、乾杯」

僕もまた缶を突き出して彼女の缶に軽く当てる。透明とはいえない鈍さの混じる金属音が鳴る。街中では埋もれそうなその音は、けれど静まり返る公園ではよく響いた。

「こうして改めて来ると、物静かでいい所ね」

湯気の立たないコーヒーを一口ほど飲むと、好遥が懐かしそうに呟いた。

寂れたブランコに展望台。それにサンプルが傾いたままの自販機。あるのはそれだけで、他の公園と比べると非常に寂しいものであったが、僕にはこのくらいがちょうどよかった。

「……懐かしいね」

好遥が呟く。クリスマスのときに来たために、彼女の気持ちに共感しかねた。だがそれを口にするのは憚られ、小さく相槌を打つ。

「よく駅から駆けっこしたね」

「そうだね、結局一度も勝てなかったな」

「自転車使ってもいいって言ったのに」

懐旧談をする彼女は、以前と変わらず楽しそうで、恰も本当に過去へ渡っているかのように恍惚《こうこつ》と昔に浸っていた。夜を裂く花の照りに、彼女に知られず一人背が冷える。

「あと流星群。凄かったなぁ。夜空の至る所で星が次々と降ってくるんですもの。本当に神秘的で素敵だったわ。……まぁ、誰かさんは何故かご不満だったようですけど」

「……えっ、僕？」

鎖の境界から顔を少し出して此方《こちら》を窺《うかが》う視線に気づき、誰かさんが僕であると知る。だが心当たりがまるでなく、聞けば流れる星の多さから、どれに願えばいいか分からないと文句を言っていたらしい。確かに言われればそんなことを口にした覚えがある。

「歩はあのときのお願いまだ覚えてる？」

彼女の口許から薄膜の雲が夜に細く伸びる。

――いつまでもこの光景を忘れませんように。星が空に満遍《まんべん》なく降りしきる夜、僕はその壮大な天体アートを目の当たりにして、それまでたくさん頭を悩ませて考えてきたお願い事をすっかり忘れ、そう願ったのだ。

あれから十年近くが過ぎながら、それでも僕はまだあの光景を鮮明に記憶している。あんなにも美しかった夜空を、これからもきっと忘れることなんてできないだろう。覚えている。そう伝えると、好遥は嬉しそうにはにかんだ。

僕の願いは確かに届いた。では好遥はどうなのだろう。あのとき聞けなかった彼女の願いは果たして叶えられたのだろうか。きっと聞くなら今しかない。この機会を逃せばもう二度と知ることができないだろう。そう覚悟を決めると、自ずと手に力が入ってしまい、缶がパキッと乾いた音を鳴らした。それに反応した僅かな時間。僕が訊《たず》ねるよりも早く好遥が先に口を開いた。

「じゃあ、歩の願いは叶ったんだ」

誰に向けられたのでもないその声はあまりにか細く、弱さに震えていた。

僕は今しがた口にしようとした言葉を飲み込み、口許から立ち昇る蒸気を目で追う。顔なんて見なくても分かる。それにもうその表情は笑顔の内に隠されてしまっていることだろう。だから敢えて確認する必要もない。

好遥の夢は叶わなかったのだ。

どんな願いか、僕は知らない。けれど雪おばさんにも教えず、一人大切に抱え続けて想ってきたその願いの結果が、望んだものでなかったと、今はもう夜に溶けてしまった彼女の儚い声がそう告げていた。

こんなとき彼女に何て声を掛けてあげるべきか。沢山の本を読んで多くの言葉を知っているはずなのに、何の言葉も浮かばない。消えたばかりの薄白い息の幻影を追う。それは沈黙を嫌った僕の姑息な誤魔化しであった。

暫くの静寂の後、好遥が別の話を始めた。すると調子を取り戻したのか、まるで離れていた数カ月分の時間を埋めていくように次々と話を持ち出しては楽しそうに笑っていた。

相槌を打って、時折答えて。そうやって早足で摺り寄る沈黙を埋める。昔話に郷愁が募る。だが話題が変わる度、それに反応をする度、自分の胸の底で何かが冷たく蟠《わだかま》り積もってゆくのを聞いた。

夜空の面を雲が忙しなく過ぎる。空の模様は来たときと変わらず、雲の動きだけが時間が進んでいることを知らせてくれた。もうどれだけの雲が僕らの前を過ぎたのだろう。あと幾つの言葉を交わせばいいのだろう。

僕らはいつまで普通を演じ続けるのだろう。

「そういえば、センター試験お疲れ様」

彼女は僕の秘める想いに気づくことなく、また新しい話を切り出した。

もう何個目の話題かも忘れてしまった。自らを変えようと、必死に夜道を駆けて痛みと向き合いにきたというのに、後夜祭の話は一向に見えず、行き場を失った思いが蕾《つぼみ》となって胸中に膨れてゆく。だが思えば彼女は一度たりともその話をしたいとは言っていない。僕のことを気に掛けていると放課後に聞いていながら、きっとそうだろう、と自らに都合のいい憶測を立て、身勝手に期待することのなんと厚かましく傲《ごう》慢《まん》なことか。彼女が責められる理由など、穿《うが》った目で以て見ても何一つとして見当たらなかった。彼女は何ら悪くない。そうと知りながら、けれども未だ身の攀《よ》じれるほどの恥と苦痛が忽ちと身に寄る後夜祭でのひと時は、彼女にとっては話題にもならぬ瑣《さ》末《まつ》なことであったか、と以前と変わらぬ面相で話す彼女を見て、哀情が深まり胸奥に泥のようにとろりと流れて溜まった。

「……ありがとう」

お礼を言うと、肩口から溢れる黒髪を、梳《す》き歯のように細い指で慌ただしく梳きだした。割れた髪の隙間からちらちらと遠慮がちな視線を感じる。

「その……どう、だった？」

「んー、まぁまぁかな」

好遥は髪を梳く手を止め、ほっとしたように笑った。僕は彼女のように笑う気になれず、表情を隠すために残るコーラを飲み干した。空いて久しいせいか、泥が強くへばりついているためか、爽快感はまるでなく、ただ甘ったるい液体が不快に身体に流れ落ちた。

彼女もまたコーヒーを数口飲むと、缶を足元に置いた。左の袖口から銀色の輝きが辷る。それは流星のように光の尾を引きながら缶の縁に落ちると、凛《りん》とした音色が静けさに包まれた夜一帯にしみじみと響き渡った。

「大丈夫よ」

「……え？」

「歩なら、絶対大丈夫」

――大丈夫。迷ってばかりいる僕の背を何度も押して励ましてくれたその言葉は、けれど同じ言葉とは思えないほど濃厚な悲痛に染まっていた。芯の強さが失われ、代わりにあるのは不安を煽《あお》る虚ろで、僕はその抜け殻のような言葉に何も返すことができなかった。

肉体と魂魄《こんぱく》とが乖離し、白煙に包まれているような意識の傍ら、蕾が花開こうと疼くのを感じた。本当にこのままでいいのだろうか。話さず終わってしまっていいのだろうか。彼女があの時間をなかったことにすればするだけ、無視するには堪え難いほどに眼前にちらつき脳裏に華々しい萌しを咲かせた。

コーラは飲み干してしまった。もう誤魔化す術はない。何か返事をしなければ。だが偽りのひと時を終わらす言葉ばかりが浮かぶ。他にないかと絞り出すたびに、沈殿する泥を吸って蕾が急速に膨れ、表面を覆う薄い葉がじりじりと広がってゆく……。

「ねえ、好遥」

まるで鹿威《ししおど》しが頭を垂れるように、それはゆっくりと花弁を零した。

溢れ落ちたものは、もう竹筒には戻らない。

開いた花は、もう花弁を閉ざさない。

それは言葉も、過去も同じである。

あの重々しいひと時を、なかったことになどどうしてできようか。この数カ月の間、日々身の傍に感じた苦悩や悲痛は決して無視できるほど小さくもなければ易しくもなかった。

ごめんね、と心の中で好遥に謝る。

気持ちの整合性が綻《ほころ》んだまま、違和感を抱えたまま会話をする今の時間がどうしようもなく偽物のように思えた。あの頃の記憶があるから、今がある。今抱く決意がある。それを虚ろなものにしないため、自らの望みを叶えんがため、僕らの関係を本物にするため、僕は好遥と異なる選択をする。

——それでも好遥は許してくれるだろうか。

「あのさ……」

会話を切り出そうとした矢先、好遥が勢いよく立ち上がった。しなやかな曲線を夜に躍らせ、髪やスカートの襞《ひだ》がまだ浮力に捉われているうちに、彼女は人差し指を突き出し、展望台の場所を指した。

「ちょっとそこまで歩かない？」

その声は明るく、放課後、寄り道しようと誘ってきたときのような無邪気さがあった。だがそれが作られたものであると気づくには、一寸の時間も要さなかった。

好遥が話をはぐらかそうとしている。

そのことに驚きながら、けれど静かに目を伏せ、そして小さく首を振る。

肯定を体現するものとは異なる、大きく横へ振る拒否の動作。その意を明確に示す。

このまま偽物を続けていれば、いつかは本物に近づけるのかもしれない。けれども一度芽吹いた蕾が消えるとは思えず、そんなものを抱えた先に僕の望むものがあるとは到底思えなかった。もう痛みから逃げない、そう覚悟を決めたのだ。たとえ相手が好遥であっても、止まることはできない。変わらない。変えてはいけないのだ。

君と初めて違えることを、どうか許してほしい。

決別の言葉を伝えるため面を上げる。

「――お願い」

けれど瞳が映したものを前に言葉を失った。

眼前に佇《たたず》む彼女の表情はあまりに酷く歪《ゆが》み、皺くちゃに縮こまる見窄らしい花弁の衰退の色が、月光の如《ごと》く冷たくありありと浮かんでいた。スカートを握る手は小刻みに震え、その姿はまるで知らないところに一人取り残されて不安で泣きべそをかいている迷子のように痛々しく、学校中から別れを惜しまれた人とは思えないほど顔に悲愴が刻まれていた。

かつて完全なる美を有していた心象の彼女は、その面影を失い、頽廃《たいはい》した彼女の姿が、以前小説で見た、病に侵され客の寄らなくなった哀れな若い色塗りの物乞う貧相な姿を想起させた。その娘は闘病と孤独の苦しみに堪えかね、遠き母の記憶に抱かれながら自ら命を絶つ選択をしたが、彼女からもまた自らを終えてしまうような危うさがあった。

僕の裡に確固としてあった抗いの意志は、その危うさを前に忽ちと挫かれ、奴隷のように伏した。だがそれを目撃してどうして抗えようか。承服するしか僕には道がなく、なって久しい奴隷に相応しく絶望を抱えながら立ち上がる。

「……ありがとう」

そう言うと彼女は背を向け展望台へと歩き出した。その後ろを僕もまたついてゆく。足が鉛を引き摺っているかのように酷く重い。

何か間違ってしまったのではないか。

展望台に上り、静かな夜を眺めながら、そんな不安が耳元で寂しく鳴いた。


どのくらいの時間が経ったのだろう。

長いこと眺めている夜景は、人工衛星が空を僅かと辷るだけでさして変わらず、物憂い沈黙が二人の間に重く静かに流れる。自ら会話を切り出す力もない。枯芒《かれすすき》のように生気なく佇み、無為に流れる時間に穂の行く先を委ね靡《なび》かれる。すっかり意志を挫かれた今、それが僕にできる精一杯のことであった。

「ごめん、意地悪だったよね」

冷え切った身体が握る手摺りよりも冷たくなった頃、長い静寂を切り裂いて好遥が口を開いた。その声は弱々しく微かに震えていた。

「ずっと気づいてた。歩が話したがっていることも、その気持ちを押し殺して私に合わせてくれていることも。歩は……優し過ぎるわ」

重く吐かれた白濁の息が、暗がりに沈む表情を薄雲《うすぐも》の裡に隠す。

具体性を避けられた言葉には、明確な変容の兆しが含まれ、いよいよ先の見えぬ焦燥と煩悶の渦を脱し、待望の時が翠黛《すいたい》の果てから薄く光差したというのに、心はまるで晴れず、測れない複雑な感情が胸裏を巡る。

「私も会えばその話になるって分かってた。だからね、一度はこのまま去ろうと思ったの。だってその話は歩にとっては辛い話になるから。でもやっぱりちゃんと話すべきだと思ったし、何より最後にどうしても歩に会いたかった。そして一瞬でもいい。話す前にまた昔のようにお話できたら、って。……そう思ってメールしたの」

就寝前の子供に聞かせるような穏やかな声が夜の静寂に、忍び寄る真実の影を前に早まる鼓動を抱える胸中に冷たく澄み渡る。夜気の乾いた寒風でさえ意識を遠く外れ、僕の持つ感覚の全てが彼女に絞られ注がれてゆく。

「でも会えるとは思わなかった。来るはずがないって諦めてた。それなのに歩はこうして来てくれた。また昔のようにお話までできた。本当に奇跡みたいで、嬉しくて楽しくて、……どうしようもなく怖くなった。これが最後なんだって、話してしまえばもうこうやってお喋りもできなくなるんだって、そう思うとどうしても話せなくなって、だから気づかないふりをしたの。ばかよね。そうしていれば、このまま全てなかったことにできるんじゃないかって期待してさ。でも結局、歩にもっと辛い思いさせただけだった。ほんと、どこまでも身勝手で、……最低だわ」

堰《せ》き止めていた思いが、言葉となって滔々《とうとう》と流れる。

「……どう、酷過ぎて笑っちゃうでしょ」

それまで浅い影に隠れていた彼女の顔が、すっと僕のほうに向く。

それは雪見草のように清楚で美しくありながら、朝露の重みで簡単に折れてしまいそうなほど危うい繊細さのある笑顔であった。

話せばもう昔のようにはいられないと、そう知りながら、それでも話すべきだと一度は覚悟を決めたものの、けれども怖れと惜しさから心が揺らぎ僅かな希望に縋ってしまった。願ってしまった。その自らの行いを、彼女はばかだと、身勝手で最低だと言う。あまりに酷い有様に笑っちゃうでしょ、と自虐する。

「笑わないよ」

「え？」

「笑ったりなんか、しない」

夜よりも深く暗い瞳が見開かれる。

僕は一呼吸置き、恥と後悔の揺らぐ力ない瞳をまっすぐと見つめる。

「好遥の気持ち分かるよ。僕もあのままいられたらって思わなかったわけじゃないから。でもあの日のことは僕にとってはあまりに大き過ぎて、なかったことになんてできなかった。もしあのまま続けていたら、いずれ昔のように振る舞えるようになったかもしれない。けれど結局は偽物で、本物じゃないから、やっぱり僕は堪えられなかったと思う」

緊張で肺が小さくなるばかりに、話す内に息苦しくなり、声が掠れていく。それでもこれから言う言葉ははっきりと確かに届けなければ、と入らぬ空気を無理矢理に吸い込む。

「でもだからと言って、好遥のことを身勝手で最低な人だとは思わない。僕らのした決断が違った。ただそれだけのことだよ」

真水における氷点のような絶対的な正しさが実在するわけではない。幾許《いくばく》とある道筋の中、互いが良しと信じたものに付き従い突き進んだだけである。その結果が違えたところで、どうして彼女を責められようか。たとえ本人で以てしても責められる理由などない。

　真に責められるべきは、別にある。

「本当に身勝手で最低なのは僕のほうだ。何の事情も聴かずに勝手に裏切られたと思って酷い言葉を沢山吐いて……。同じ大学に行くって僕が言い出したことなのに」

　金色の砂粒が指の間から流れ落ちてゆくように、言葉が次々と内から零れゆく。

「あの日のことをずっと後悔してた。好遥の気も考えず心無いことを言ってごめん。沢山傷つけて、辛い思いさせて、本当にごめん」

　怒りによる潮が引いて、露わになったものを怖れ、それらを隠匿するために厚い布で覆い隠した。砂地のようにすぐ干からびて割れてしまう心を守るため、陽や風から遠ざけたのだ。それがどれだけ愚かで未熟であったか、今ならよく分かる。僕はもう陽も風も受け入れて変わらなければならない。陽の匂いを、風の心地を、遠方に聳える連峰を……。

　風が二人の間を通り抜ける。肩口から溢れる好遥の髪が夜に靡く。四散した髪の隙間、俯《うつむ》いた彼女から何かが一瞬過ぎて見えたが、忽ち風に目を塞がれ正体も行方も分からず終いとなった。

「やっぱり歩は優し過ぎるわ」

夙《つと》のうちに聞く白く遥々とたなびく湖面に充ちる波の音のように、それはとても穏やかで美しい声であった。流れた髪をそっと耳に掛け露わになった彼女の表情は、憑《つ》き物が落ちたかのようにすっきりとしていた。その清浄な笑みに絆され釣られて頬が緩むうちに、言葉の結びつきを失い、マフラーから摺り抜けた息を追いかけ夜空を見上げる。

——何て美しいのだろう。瞳に映った星空の、その綺麗さに思わず息を飲む。大小の砂金が空一面に散りばめられ、それぞれが深い美の煌きを気侭に広げながら、それでいて互いを阻害せず、堅固に共存している。飽いたはずの空ながら、不安の退いた瞳が映した情景は何とも美しく、先まで心苦しかった物憂い沈黙でさえも、寛大な美の装飾となって優雅にのびのびと流れる。ジャスミンのように香り高い穏やかなひと時に、すっかり緊張が解け、麗《うら》らかな日和が胸に満ちた。

「ごめんね、一緒の大学に行けなくて」

まっすぐ夜を見つめたまま好遥が言う。

「いつから留学しようと思ってたの？」

後夜祭のときに塞いで聞けなかった理由。

痛みへの予感を前に恐怖が完全に拭えたわけではない。けれど自らの決意に、そして胸中に充溢する温かいもののために、僕はようやくと逃げずに聞くことができる。ぐっと息を飲み、好遥の言葉を待つ。彼女の視線は未だ遠い宙に投げられていて、言葉を選んでいるのか、暫く黙り込んだために、その時間は永遠のように思えた。

好遥の重い口が開く。

「それなんだけどね、実は一度も留学したいだなんて思ったことないの」

「……えっ」

想像もしていなかった答えに、思わず声が漏《も》れる。

どんな言葉でも、それがたとえ痛みが伴うものだとしても、受容する心構えはあった。だが実際はそれらとは違う、違うというだけではその遠さの半分も表せない、性質や根本からまるで異なる、別種のような縁遠さのある言葉であった。

動揺から胸の奥が煩《うるさ》く騒めき立つ。

留学が希望したものでない。ならば何故彼女は留学をするのだろうか。

彼女は何を言っているのだろうか。

頭の追いつかない僕に、好遥が言う。

「留学の話自体は二年のときからあったの。挑戦してみないかって。親もその話に賛同してたんだけど、でも興味なくてずっと断ってたの。それは三年生になってからもそう。これを言うと怒るかもしれないけど、私今でも歩と同じ大学に行きたいと思ってるのよ」

「そ、それならどうして……」

「それじゃダメだと思ったの」

夜を見つめていた双眸《そうぼう》が僕を捉える。彼女から表情の一切が消えていた。過ぎる風によって膨らむ袂《たもと》のように、忍び寄る見えぬ答えに、恐怖が胸の内で静かに肥大してゆく。

「歩は私との約束のために、春から凄い頑張ってくれた。サボることもあったけど、でも一生懸命で、先生から進路を変えるよう言われても、諦めないでいてくれた。勉強だけじゃないわ。矢野くんみたいなお友達もできて、一緒に遊びに行って、他の人とも楽しそうにお話しするようになった。歩は変わったわ。自覚はないかもしれないけど」

交わした約束のために一生懸命勉強した。

矢野くんと友達になり、クラスメイトとも気づけば自然に会話できるようになった。

去年とはまるで違う、それらのことを僕の努力の賜物であると好遥は言う。

「そうやって歩が変わっていくのを見て、今を変えようと頑張っているのを見て、すごい嬉しかった。嬉しくて、それでいて思ったの。私、何も成長してないなって。でもね、変わるはずがなかったの。だって私は……、変わりたくなかったんですもの。ただ歩と毎日図書室で会って、一緒にお勉強して、お話しして、終わったらたまに寄り道して帰る。そんな日々をそのままに生きたかった。新しいものなんかいらない。私にはその日常だけがあれば、それでよかったの」

森に落ちる光芒《こうぼう》のように白くて細長い指が、愛おしげに優しく手摺りに触れ、それを見つめる好遥の口許に物憂げな笑みが浮かぶ。

「どうして時間は進むばっかりで、止まってくれないのかな。変われない私はきっと……、ううん、必ずまた間違える。過ちを繰り返す。私は歩の願いの先に生きられない。ほんと……、残酷過ぎるわ」

雨雲が過ぎ、葉に掛かる行き遅れた雨水がようやくと葉の上を辿り、水面に静かに落ちるように、好遥の声が寂しく夜に響く。

——変わりたくない。

秘匿にされ続けてきた彼女の心の裡を知る。

あまりに生々しく人間味のある、あまりに高貴たる強い美とは異なる絀るような言葉。きっと昔ならその蜜のように甘い言葉のために忽ち顔を熱くさせ、吃《ども》っていたことだろう。

しかし僕はもう昔のように酔えなかった。

脈打つ痛みを堪え、訊く。

「……また間違えるって、どういうこと?」

重い溜息を一つ吐くと、好遥がすっと顔を上げ遠方を望んだ。その表情は月暈《つきかさ》のように美しく儚げで、もう二度と戻らぬ日々を見ているような哀愁が、柔らかな瞳の裡に漂うばかりに、氷柱が胸を鋭く深々と刺した。

「ねえ覚えてる? まだ中学に入学したばかりの頃、よくクラスの男子と放課後、東《とう》堂《どう》くんの家に遊びに行ってたときのこと」

忘れもしない。

小学校まで内気で友達ができなかった僕は、中学に入学したその日に、同じクラスで前の席に座っていた東堂くんと仲良くなった。話のきっかけは思い出せないが、吃りながら話す僕に東堂くんは笑顔で付き合ってくれた。

最新のゲームがあるからと家に誘われ、一週間に何度も他の男子と一緒に東堂くんの家に押しかけてはゲームに興じていた。

順風満帆な中学校生活が送れる。世界が色づき始めた矢先、梅雨の訪れとともに、僕は突如その輪から弾かれてしまった。話し掛けても無視され、放課後になると僕を置いて行ってしまった。一人残った教室で、傘の隙間から覗く彼らの楽しそうな表情を窓際から見つめながら、何かが壊れてゆく感覚とともに冷たい灰が胸の内に降り積もるのを感じた。

未だ僕の心を抉るその大きな出来事を、なぜ今持ち出したのだろうか。好遥は一体僕に何を伝えようとしているのだろうか。

「うん、覚えてるよ。すごく楽しくて、……辛い思い出だから」

痛みを押し殺した声は、震えていた。

好遥が苦しそうに顔を顰める。きっと僕もまた同じ表情をしているのだろう。

「そうよね、いつも仲良く遊んでいたのに、みんな歩を置いて遊ぶようになって……」

「あのとき、何か嫌われるようなことしたんじゃないかと、今でも思うときがあるよ」

もっとあのときにああしておけば。

仲間外れにされた夜から幾度となく繰り返し考えてきた。想像してきた。それでも答えは見つからず、今でも心の底で燻っている。

悔いても悔い切れない想い。

「何をしたか、正直心当たりはない。でもきっと東堂くんや他の人を傷つけるようなことをしてしまったんだと思う。……けど、それが何か関係でもあるの？」

「それね、私のせいなの」

頭を殴られたような衝撃に、言葉を失う。

……また僕をからかっているのだろうか。暫くとからかっていなかったために、つい空気も読めず冗談を言ってしまったのだろうか。そうであってくれ、と白く濁る思考の中で思う。そしたらつまらない冗談はよしてくれ、と言えるのに。けれど縋る思いに反して、好遥の表情は曇り、悲愴の色が強まる。

「私ね、凄く嬉しかったの。中学校に入ってすぐに他の男子と仲良くなって遊びに行って、ようやく歩にも友達ができたんだって。みんなもっと歩のこと知ってほしいなって、ずっと思ってたから。でもね、嬉しかったのと同じくらい不安にもなったの。他の男子と遊ぶのに夢中で、私のこと忘れちゃうんじゃないかって。それがとても怖かった。だから私、東堂くんに言ったの。私も混ぜてって」

あの頃の僕は、今になって思えば、初めて友達ができてどこか浮かれていた。

朝も昼も放課後も、授業の間の僅かな休憩時間でさえも、東堂くんや他の友達とばかり遊んでいて、トイレに行くときでさえも一緒であった。その中で好遥とはクラスが別なこともあって、自然と会話は減り、一度も顔を合わせなかった日もあったと思う。

決して好遥との関係を蔑ろにしたつもりはなく、ただ赤子が与えられた新しい玩具《おもちゃ》に夢中になるように、僕もまた新しい友人関係に夢中になっていただけだった。

それでも思春期で精神的に不安定な年頃の好遥は、そう思ったのかもしれない。どうしていいのか分からず、不安で煩悶とした日々を送っていたのだろう。

「『ゲーム好きなの？』って聞かれたわ。そうだって言えればよかったんだけど、私はどうにかして意地悪してやろうって思ったの」

誰しもが心の裡に隠し持ちながらも、どこか好遥とは無縁に思えた負の感情を、けれど彼女もまた抱いたのだと言う。

――好遥は普通の女の子である。

その言葉を本当の意味で理解していなかったのだと、鈍る思考の中、はっきりと知る。

「東堂くんが私を好いてくれていることは、周りの人から聞いていたし、私もそれは感じてた。だから本音が一番意地悪になると思って、『歩がいるから』って、そう言ったの」

じわり、とマフラーの内に溜まる息が齎す不快感に似た嫌な感覚が、胸に広がる。

子供の頃は、善悪の線引きは弛《たる》んだ紐《ひも》のようにあやふやで、その時の気持ちで変わる。

自分の行動に対してどんな結果が生じるか、経験の浅さ故に好遥は計り損ねたのだろう。

いや、もしかしたら他人の心情には人一倍敏感な彼女は分かっていたのかもしれない。

それでも思わず言ってしまうほど、止められないほど、彼女の感情は強かったのだろう。

「でもすぐに失敗したって思ったわ。東堂くんの顔が酷く険しくなって、それでとても怖くなって、やっぱりいいって、その場から逃げ出したんだけど、その日からなの。歩が省かれるようになったのは。私が余計なことを言わなければ、歩はあの輪から外されることもなかった。全て私のせいなの」

五年前に感じた今にも繋がる苦痛、悲哀、絶望。それら全ては彼女の過ちによって齎され、始まったのだと、知らぬ真実が本人の口から滔々と明らかにされる。

世の中は面白くないもので埋め尽くされている。そう嘯《うそぶ》いて実体の見えぬ他人を遠ざけ、一人でいることを望んだ。傷つくのを恐れ、痛みから逃げ、自らに深く灰を被せた。

彼女のつまらぬ執着心からくる身勝手な行動のために、僕はあれほど惨めで辛い思いをしてきたのか。好遥がいなければ、そんな思いをせずにいられたのだろうか。灰は拭われ、世界は既に彩っていたのだろうか。全ては彼女のせいだったのか……。

「歩が来るまで、みんなから貰った色紙を見てたの。どれも温かくて優しい、愛ある言葉ばかりだったわ。本当に素敵な色紙よ。でもね辛かった。だってそこに書かれている私は、とても美しくて強くて、まるで本当の私とは全然違ったから。私はみんなが思っているような人なんかじゃない。もっと穢くて醜いわ。

私はあの頃から何一つ変わってない。もう大丈夫だと思ったのに、駄目だった。嫌なのに、どうしても良くないことばかり考えちゃうの。このまま歩の傍にいたら、また私は歩の願いの邪魔をしてしまう。歩や歩の大事な人を傷つけてしまう」

好遥の瞳がゆっくりと僕に向く。

「だからもう間違えないために、私自身変われるように、遠く離れられる海外の話を受けようと思ったの」

「……それが留学を決めた理由？」

好遥は静かに頷いた。

精一杯の力で奥歯を嚙み締める。

そうでもしていなければ、今にも胸を突き刺す痛みと激しい眩暈から倒れてしまいそうだった。自らの根源を変えんとする相当の覚悟をもってここまで来た。だがそれは過去の痛みと隔絶されたものを当然とした覚悟であり、僕の担いできたそれは、彼女の抱える真実の前ではあまりに軽過ぎた。

けれど一体どうすればよかったのだろうか。

十七の大人になりきれていない僕に、彼女の言葉はあまりに惨過ぎるものであった。

「流星群を見たあの日、『このままずっと一緒にいられますように』ってお願いしたの。本当に幼い願いよね。変わらないなんてありえないのに。でもそれが私の一番の願いだった。どうしても叶えたい願いだった。その願いのために、私は本当に沢山の素敵な思い出を貰ったわ。そのどれもが大切な思い出よ」

そう言いながら、彼女はするすると僕の首元に甘く掛かるマフラーを解いてゆく。ゆっくりと首元が冷えていくのを、終わりの冷たい予感の内に感じた。彼女は不安を搔き立てるほど穏やかな笑みを浮かべ、いよいよマフラーを全て剝《は》がし終えると、自らの細い首に巻きつけ鼻の麓まで埃の下に埋めた。

「でもその幸せは歩の犠牲の上で成り立っていたものだった。私の願いは歩の願いを邪魔するものだった。そうと知って、それでも私は幸せに思うことを止められなかった。他の人と楽しそうにしているのが不安で、面白くなかった。……私は手放したくなかった。

でももう手放さないと。ちゃんとおしまいにしないと。私もね、ようやく変わる決心がついたの。もう歩には会わない。そしたら誰も歩が幸せになることを止めないわ」

好遥の瞳が優しく和む。

「矢野くん心配してたよ。圭子ちゃんも。大丈夫、みんな優しいからきっとすぐ仲直りできるわ。だからね歩、これからはそんな素敵な友達といっぱい遊んで、そしていつか素敵な誰かを愛して。今まで私が奪ってしまった分、うんと幸せになって」

潤む瞳を潰していっそうと笑う。

「最後に話せて嬉しかったわ。今まで私を幸せにしてくれてありがとう。傍にいてくれてありがとう。沢山辛い思いさせて、沢山傷つけてごめんね。どうか……、どうか元気で」

――さようなら。

別れの言葉とともに、好遥が背を向け遠ざかってゆく。足音が鼓動と重なる。好遥の向こう、外灯の白い光から四方に伸びる光の棘が瞳を冷たく射す。その白さの裡に思い出す。陽の暖かさを、鮮やかな色彩を帯びる世の美しさを。僕の知らぬそれらを、彼女は春から何度となく教えてくれた。だが僕からそれらを奪い、無知にしたてたのは、他ならぬ彼女自身であると、彼女の嘘は五年前から始まり、これまで騙され拐《かどわか》されてきたのだと、真実が冬の濃い夜気の裡を渡って若い身の下まで届く。不当なものだったのだ。これまで経験してきた悲傷は。灰の冷たさは。

これでようやく決別できる。僕に及ぶはずであった幸いを理不尽にも屈折させた彼女と隔たれることで、これからは正しく幸いは僕を貫くことだろう。雲一つない青空から注ぐ陽光のように、屈折もなく、真っ直ぐと。

「……待ってよ」

振り絞った声は、想像よりもか弱く、細い声だった。

だが好遥の足を止めるに十分な声量だった。

「まだ、何も言ってないのに……、勝手にいなくなろうとしないでよ」

彼女は自らの幸いのために、僕に犠牲を強いたという。その止められぬ勝手さ故に、去るのだという。けれど自分だけ存分に吐露し、散々人の心を揺らした挙句、何も聞かずに立ち去ろうとする今の方が身勝手に思えた。

僕は聞き分けのいいお人形なんかじゃない。意志がある。言葉がある。

振り返らず立ち止まる好遥の背中に、今ある想いを伝える。

「きっとあのときその話をされたら怒ったと思う。後夜祭のときみたいに、酷い言葉を沢山投げたと思う」

今でも痛みとともに思い出す出来事を、当時の僕が冷静に対処できたとは思えない。きっと後夜祭のときよりも激しく怒り、憎悪で身を焦がしていたことだろう。そして結局は同じ結末を迎えていたに違いない。色が腐り落ちて、灰が辺りに舞う世界。けれど――、

「けれど根気を持って仲直りする選択肢もあったはずなのに、それをしなかったのは僕だ。これは僕が選んだことなんだ」

理由も知らされず、一人仲間外れにされた。

声をかけても、東堂くんは何も喋らなかった。

だが苦い顔をして席を立ったのは、彼自身迷いがあったからじゃないだろうか。みんなと校門を抜ける手前、立ち止まって教室のほうを振り向いていたのも、彼のその気持ちの表れではないだろうか。根気を持って待ち続けていれば、しっかり対話でき

ていれば、彼との関係も修復できたかもしれない。

なのにそれができなかったのは、僕がたった一日の仲間外れで、諦めてしまったからだ。やはりこうなるのか、と自らの人生を、世界との繋がりを諦め、割れた心を掻き集めた灰の下に隠してしまったからだ。誰のせいでもない。これは僕が下した決断の結果なのだ。

「好遥の一言がきっかけになったかもしれない。でもそれはいずれ起こり得たことだったんだ。僕が変わらなければいけなかった。しっかりと根気をもって向き合わないといけなかった。それができない限り、変わらない限り、ああなるのが僕の運命で、だから好遥のせいなんかじゃない。好遥が悪く思うことなんてないんだよ」

「やめてよ！」

夜の丘に、好遥の叫び声が響き渡る。

「私は悪くない？　そんなわけない！」

それは初めて聞く好遥の怒声だった。

「知ってる？　中学のときもそう、高校のときもそう。歩が鈍いだけで、あなたと話したそうにしている子はいたわ。でもみんな私に遠慮してたのよ！　クリスマスに圭子ちゃんにはっきり言われたわ。私のせいで歩と関わりにくいって。気苦労するって。

女子は私が過去に何をしたのか知ってたのよ。それが頭にあるから、今は違うと思っても、やっぱり気を使うんだって。

でもそんなこと言われる前から分かってた。だってみんなあからさまに歩の名前を避けるんですもの。どうしても日直で話さなきゃいけないんだけど、どうしよう、大丈夫かなって言っているのも耳にしたことあるわ。

私の存在が、歩とみんなを遠ざけてたの。私がいなければ歩は一人になることはなかった。たとえ同じような状況になっても、他の子が必ず支えになってくれたわ。私みたいにあなたを一人にしなかった。私は一人になっていく歩を見てることしかできなかった。気まずくて、見捨てたの」

背を向けたまま、彼女は自らの罪を告白する。彼女もまた孤独だったのだ。誰に相談することもできず、残酷に周囲の配慮だけを感じ取って、けれど気丈に見せてきたのだろう。自らの願いを自分自身で打ち砕いて、その罪を延々と悔やんでは、そうやって幾度となく鋭利な告白を自らに向け吐き続けてきたのだろう。切り裂いて絞め殺してきたのだろう。

「歩が傷ついたのも、辛い思いをしてきたのも、みんな私がいたからなんだよ……。もう見たくない。歩が傷つくところも、醜い私も。――もう嫌なの！」

叫んだ勢いで、黒髪が闇に逆立つ。

好遥の優しさに救われた人は大勢いる。

だが多くを救ってきた好遥は、その誰からも救いの手を差し伸べてもらえなかった。

一人で抱えるにはあまりに大き過ぎる痛みに、声を押し殺して苦しんでいたのだろう。

周囲から期待され、それに応えるだけの能力がたまたま備わっていたが故の孤独。

傷ついた身体で一人杖もなく、重い十字架を引きずって救いのない暗い道を彷徨《さまよ》い続けた。それでも心が延々と削られていく絶望の深淵で拾い上げた僅かな救いの道も、僕が自らの望みのために拒絶して奪ってしまった。

気づいてあげられなかった。その痛みが、深々と胸に突き刺さる。

どうしたら彼女は救われるのだろうか。黒に燃えて輝く夜空も枯草香る世界を巡った風も、その答えを知らない。彼らはただ、僕がどう動くのか見るために静かにそこにいる。

——だからもう間違わないように、どうか見守っていてほしい。

自ら荊を冠り慟哭《どうこく》する、月夜に冷たく照らされた後ろ姿にそっと歩み寄る。

「もし好遥がいなかったら、友達の多い学校生活を送れていたかもしれない。悩むことはあっても、友達や時間が解決してくれて、そして放課後になったら友達と一緒にゲーセンやカラオケに行くんだ。それはきっと退屈を感じないくらいに充実した日々だと思う」

　誰かのせいにしたこともあった。

　環境のせいにしたこともあった。

どうして自分だけが、こんなにも苦しまなければいけないのか。

そう悩んで眠れない夜を幾度も過ごしてきた。

全てを諦めて、泣くのも悩むのも止めて、灰色の日々に埋没していった。

「でもね——」

そんな色彩も香りもない人生は、春になって一人の人に変えられた。

埋もれていく僕の手を、体を、心を掬い上げてくれた。

勉強中にふと耳に髪を掛ける仕草。帰り道で小石を蹴って遊んでいる後ろ姿。僕を見つめる温かな視線。何にも敵わぬ笑顔。

蜂蜜色に輝く図書室でのひと時を思う。

朱色に燃える帰り道でのひと時を思う。

一緒に過ごしてきた日々を思い、今眼前で立ち尽くす大切な幼馴染に告げる。

「振り返ったとき、そこに好遥との思い出がないのなら、やっぱり今の僕が幾分も幸せだよ」

「それは歩の想像が足りないだけよ。知らないから。そういう経験をしてこなかったから。だから今になってそんな綺麗事を言えるんだわ。辛い思いをしてよかっただなんて、そんなわけないじゃない！」

「確かに想像は遠く及ばないのかもしれない。酷く辛いことが多かったのも事実だ。でも好遥から抱えきれないほど沢山の綺麗で温かな思い出を貰ったことも、それによって支えてられてきたことも、また確かな事実だよ」

南国の人に凍る月の美しさは分からないように、世の色彩は希求しなければその鮮やかさの一端も見せなかったことだろう。きっと知らぬままに過ごし、満足していたことだろう。もっと輝けるものだというのに。もっと美しいものであるというのに。

「僕が変わりたいと思ったのはね、好遥の見ている綺麗な世界を、僕も自分の心でも見たかったからなんだ。それを一緒に見てずっと笑いあえたらなって。いつも好遥は僕を助けてくれた。それが情けなくて、すごく遠くに感じて、このままだといつか離れちゃうんじゃないかって不安になって……。僕は好遥のようになりたかった。少しでも好遥に近づきたかった。僕にとって好遥は憧れだったから」

「そんな人も世界も、この世のどこにもないわ。綺麗なものは何もない。私にあるのは虚飾に塗《まみ》れた醜い世界だけよ。歩が見てきたものは、全てまやかしよ……」

「そうだね。僕が見ていたものは……、正しくなかった。憧れたものが、美化された物だって知って、そこに嘘があると知って、本当に辛かった。好遥の言う通り、偽物だったんだって、何もかも失って空っぽになった気分だった」

「そうよ。何もない。私たちの間にあった何もかも、全部偽物よ！」

「けど！　それでも確かにその嘘の中で僕は幸せだった。たとえ嘘が混じっていたとしても、僕はあの日々が何よりも大切だったんだ。この気持ちは間違いなく本物で、誰にも、好遥にだって穢させない！」

悲痛で曲がる背は震えていた。もうか弱い背中は手を伸ばせば触れられる距離にある。けれど僕は心を彼女に向けて伸ばす。言葉を乗せて、今まで好遥がくれた温かな思いを込めて。今まで貰ってきた無数の幸いの、その僅かでもお返しができるように。

「初めこそ、好遥の見ている綺麗な世界を僕も見たくて変わりたいって思った。でも今の僕はそんな嘘の混じった日々を本物にするために変わりたいんだ。そして今度は僕が見せてあげたい。好遥が僕に見せてくれた世界はこんなにも美しいんだって」

彼女の前に続く階段を一歩下りる。そしてまた一歩と、下りる。

「好遥がいなかったら、僕はあんなにも美しいものを知ることができなかった。こんな気持ちになれなかった。好遥が僕の世界を美しくしてくれたんだよ」

「そ、そんなことない。だって、私は、あんなにも歩を傷つけて……」

彼女は僕のこれからの幸福を願った。私が去ればそれは訪れると、そう言った。けれどそれは間違いだ。他でもない彼女によって、僕はとうに幸いだったのだ。これ以上何を望むことがあろうか。あるとするならば、眼前で自らの罪悪の念に駆られ苦しむ一人の女の子が救われてほしい。何も思い悩むことなんてないんだと、だから笑って、と。

彼女の前に立つ。白く洗われた彼女の顔は、すっかり涙で濡れていた。

一粒二粒。白銀に煌めく雫が、夜を裂いて地面へ落ちてゆく。その涙ごと掬い取るように、そっと優しく慟哭する彼女の手を両手で包み――、はっきりと伝える。

「今までありがとう。僕を幸せにしてくれて、本当にありがとうね、好遥」

空はより艶やかに燃え、一陣の風が舞う。

淀《よど》みない黒髪が靡くその向こう側――、

「いっぱい傷つけてごめんなさい。いっぱい嘘ついてごめんなさい。見捨てないでくれてありがとう。私だってすごく楽しかった。幸せだった。ありがとう、ありがとう……」

透明な朝日に溶ける霜柱のようにぐしゃぐしゃになった面相は、美の規律を失いながら、けれど今までで一番と美しい笑顔であった。

その笑みに魅入られ、気づけば僕の頬にも温かな感触が優しく伝っていた。

――あぁ、そうだったのか。

胸を離れなかった疑問の数々が、時折寄せる疼きの理由が、何もかもが洗われて、その裡にようやくと分かる。単純だったのだ。自ら知らぬうちに閉じ込めていた想い。それが色彩とともに眼前に花開くのを感じた。

――だがそれは今、伝えることはできない。

彼女と離れ、多くを知り、そして理想を成したそのときに、ようやくと伝えよう。それが正しいかは分からない。けれど良かれと思い、口にしかけたものを閉ざす。

「歩にずっと伝えたいことがあったの。とても大事なことよ。でも今の私じゃ言えない。だから待っていてほしいの。向こうの大学を出たら聞いてほしい。……五年後、また同じ日に同じ時間にこの場所で」

「わかった。僕も今は伝えられない言葉を持って、必ずまたこの場に来るよ」

「……うれしい、ありがとう」

そう言うと、好遥が巻いていたマフラーを僕の首元に掛けた。
「このマフラーはその日まで持ってて。約束の証よ。忘れたら嫌だからね」
その笑顔は放課後に見た彼女らしい、元気のある素敵な笑顔であった。
――忘れない。今日のことをいつまでも忘れない。
流れぬ星に代わって、胸にある澄んだ輝きに誓う。
きっとここなら、たとえ空が曇っても見失わずにすむだろうから。

六

誰もいない待合室は、存外騒がしかった。

それは透明な壁の向こう側で降り続ける雨の音か、それとも手元にある読み終えたばかりの薄水色の便箋《びんせん》が起こしたさざ波か。永遠とも思えた言葉の海を渡りきった僕を迎えたのは、夜に沈む生まれ故郷の駅だった。

野島先生との打ち合わせ後、何本も電車を乗り継ぎ、幾つもの県を跨《また》ぎ、そうして遠く離れた故郷へと帰ってきた。実家には寄らず、待合室に腰を下ろしてずっと便箋を読み耽《ふけ》っていた。その間、どれだけの数の電車が通り過ぎていったか分からない。とても長いこと読んでいた気がするが、もしかしたら実際はそんなに経っていなかったのかもしれない。

数十枚に亘って綴《つづ》られた手紙は、書き手の名を以《もっ》て綴《と》じられていた。続きを読みたくて何度手紙を捲《めく》っても、露わになるのは文字が薄く透けて見える紙背と、皺の目立つ自分の足元だけだった。

古い折り目に合わせて手紙を畳《たた》み、封筒に入れる。取り出した頃より左手首につけたものの分だけ薄くなっているはずなのに、限界までそれは膨れ上がった。器用さに感嘆しながら濡れないよう鞄《かばん》の底にしまい、ポケットからスマートフォンを取り出す。時間を確認するとまだ余裕があった。

「何時に帰ってくるの？」と母からメールが届いていたので、適当に返す。少し急げば今から家に寄っても間に合う時間ではあったが、帰りたい気分ではなかった。

思えばここに住んでいた頃、僕はまだ携帯をうまく扱えず、メールの返信でさえ覚《おぼ》束《つか》なかった。それが今では惰性に指を動かし、事もなげに返信をしている。電話帳の数も、あの頃と比べて何十倍にも増えた。重ねた歳の数だけ、多くのことが変わった。

けれど、変わらないものもまたある。

――そういえば元気にしているかな。

違う大学に行ってからも、何度も僕を助けてくれた一番の親友。最後に会ったのは彼の結婚式のときで、一児の父親になってからは、気を使って連絡をしていなかった。久し振りに声が聴きたくなって、思わず通話のボタンを押す。相手はすぐに出た。

「お久し振り。元気にしてた？」

――おう、久し振り。どうした、最近全然連絡くんねえじゃねえか。

初めて話しかけられたときから変わらない低く野太い声が、待合室に響く。

「ごめん、すっかり忘れてたよ。……って冗談だよ、冗談。そんな悲しそうにしないでよ」

――な、なんだよ、ビビらせんなって。

久し振りのやり取りに、思わず頰が緩んだ。

「ちょっと久し振りに電話したくなってさ。ところで問題。僕は今どこにいるでしょう」

――なんだよ、急に。

文句を垂れながらも、彼は考えてくれているらしく、電話口で重い唸《うな》り声を上げた。

――あぁ、今日……か。

彼は感慨深げに呟《つぶや》いた。

「……うん、そう。よく覚えてたね。……え？　それなら明日休みにしたから大丈夫だよ。そっちはどう？　順調に父親してる？」

――そういう意味じゃ……、まぁいいや。

そう言うと彼は、自身の近況について話してくれた。子育てと仕事を両立させるのは大変だと語っていたが、しかしながらその声はとても活き活きとしていた。

一度話し始めると、途端に言葉が舌の上を滑走した。積もる話は果てなく、会話は全く途切れる様子もなかった。

——悪い、ガキの面倒みないといけないからそろそろ切るわ。

暫《しば》くして彼は言った。

楽しさのあまりつい昔に戻った気になって忘れてしまっていたが、彼はもう一児の父親なのだ。その事実を再認して、夜遅くに電話してしまったことへの申し訳なさと、先を行かれる一抹の寂しさを覚えた。

「そっか、ごめんね夜遅くに電話して。また落ち着いたらご飯にでも行こうね。じゃ」

——あ、栗村《くりむら》。

切る間際、彼の呼び掛けに指を止める。

それはちょうど、電車がホームに入ってきたタイミングだった。

——よく頑張ったな。お疲れ。

電話口の声は電車の音で少し聴き辛かったが、ともすれば泣いてしまいそうになるほどに優しい声色をしていた。

「……ありがとう」

結婚して子供ができても、彼は昔のままに優しかった。迷惑をかけたお詫《わ》びに、今度絵本でも買って家に遊びにでも行こう。たしかそんなに遠くなかったはずだ。

「関口さんにもよろしく言っといてね」

——うるせえ。

久し振りの電話を終えると、乗客がホームに降りてきていっそう駅が賑やかになった。

随分長いこと話し込んでいた気でいたが、時間を確認してみれば十分と進んでいなかった。だがその僅かな時間から得たものは大きく、胸の内をえらく和ませた。

「……そろそろ行こうかな」

緩めていたマフラーを巻き直し、すっかり温まった椅子から立ち上がる。待合室のドアを開け、寒さに顔を顰《しか》めながら疎《まば》らな人波の後列に交ざって改札へ向かう。

大学へ入学後、一度も帰ることのなかった故郷に帰ってきた理由。

約束を交わしたあの日から、今日でちょうど五年だった。

雨の香りは、アスファルトで埋め尽くされた都会も、そこかしこで地面が露わになっているこの地も、どちらも不思議と土の匂いがした。どうしてそんな匂いがするのかは知らない。ただその匂いはいつも僕に激しい郷愁と、ほんの僅かな痛みを齎《もたら》す。

久し振りの地元は懐かしさが薄かった。それを深い雨のせいに思ったが、けれど雨だれの向こうの光景は昔と随分異なっていた。

先までいた駅には何一つ面影が残っていなかった。外に出れば自ずと胸裏にしみじみと現れるのかと思っていたが、新旧の建物が入り交じる不整合な町並みと、視界の端に映るショッピングセンターが追想の邪魔をした。

新しい町並みは違和感ばかりで好きになれない。その中でも、新しい町のシンボルだと言わんばかりに暗闇の中悠然と佇《たたず》み、頭悪そうに看板を光らせているショッピングセンターが、酷く傲慢《ごうまん》に映って気に入らなかった。

幅の物足りない折り畳み傘を広げ、気に入らぬそれらを傘の外へ弾く。

雨は鉛のように重く、それがぶつかる衝撃に堪えられず傘が酷く暴れるので、手元を力強く握って抑え込むと、手のひらが振動から熱を帯び、痛みに苛《さいな》まれた。

痛みを堪えながら、投身を止めぬ雨粒の無様に散った死骸《しがい》に靴下を湿らせ歩くうちに、ふと鮮やかな花弁の花が目に入った。

コンビニの卑しい光に照らされ、他の色多くの花と一緒に包まれていようとも、その威厳溢《あふ》れるピンク色の花は、小さくも美しく気丈に濡れた町へ花弁を向けていた。

これはいい花を見つけた、とコンビニに入り、その花束を手に取ってレジへ向かうと、若い女性店員はたいそう不思議そうな眼差しでこちらを見てきたが、財布を取り出したところで自らの仕事を思い出したのか、ようやくと動き出し、レジを操作し始めた。

支払いを終え、微妙に重くなった財布をポケットにしまい、カウンターに何の気遣いもなく置かれた花束を掬《すく》い取る。改めて自らのものとなって見ると、どの花も美しかったが、やはりピンク色の花が際立って美しかった。また花束からはその鮮やかな色合いからは似つかぬ、薄い野草の香りがした。窓外は雨が未だ降り頻っていたが、その香りは冬の柔らかな陽光を想像させた。

――喜んでくれるだろうか。

花の香りがしみじみと胸中に広がるうちに、再び冷えた重い雨の中を歩く。

駅の周辺はアパートや戸建てが増えてまるで違う道ながら、暫くすると昔の長閑《のどか》な風景が眼前にのびのびと広がり、いっそうと土の香りが立ち込めた。

あの日以来通ることのなかった道は、なんら変わらずとここに在り続けてくれた。その事実は、雨水に浸りすっかり重くなった足取りを軽くさせ、ともすれば弾みで今にも駆け出してしまいそうなほどであった。

彼女の望みから公園で別れ、一人空を仰ぎながら募る思いに頰を濡らした五年前。不安から始まった僕らの旅立ちは、あの日歩いた道を遡ることで、少しずつ終わりへと近づいている。どれだけこの日を待ち望んでいたことか。だがそれも今日で以て終わる。

未だ変わらずと胸にある澄んだ輝きに導かれ進むうちに、麓《ふもと》に着き、山頂へと伸びる天道を僅かな外灯の光を頼りに一歩ずつ上る。濡れた落ち葉に足を滑らせながら、時折吹き荒ぶ寒風に歯を食いしばりながら、それでも懐かしい姿を幾らか過ぎ、そうして努めて単調に進めていた足をようやくと止める。

どうも衰退は一定を過ぎると化石のようにその場に凝り固まるらしい。眼前にはまるで代わり映えしない記憶にあるがままの公園の姿があった。こうも変わらないと、どこか五年前に戻った気分になり、胸を懐かしくさせた。だが身に纏《まと》うスーツから、やはりあの頃とは違うのだと知らされる。そしてあの頃から確かに時は刻まれているのだということも。

そんなことを徒然《つれづれ》と、雨にすっかり濡れた無人の公園の裡《うち》に思った。

筐体を軋《きし》ませながら排出された缶を二つ手に取ったために込み合う手元を見つめ、

この自販機で二人分を買うのはいつ以来か、と遠い昔を思い見るも、まるで記憶にない。彼女との日々が褪《あ》せてしまったわけではないために、本当に買った例《ためし》がないのだろう。

競走の勝敗関係なく、彼女はいつも僕の分も買って待ってくれていた。五年前もそうだった。いつも僕は自分の分を買うか、彼女のガラスのようにひんやりとした手から受け取ることしかしてこなかった。僕は初めて彼女に勝ったのだ。その喜びのためについ微笑むと、ふとコーヒー缶が花束に寄りかかろうとしているのを認め、慌てて渋滞する腕の中で、体勢や腕の角度を器用に変えて引き離す。

肩やズボンは随分濡れていたが、花束が無事ならばそれでよかった。濡れたところでその美が衰退を見せるとは思えないが、雨粒の重さによって花弁が崩れるのを怖れた。

――五年後、また同じ日に同じ時間にこの場所で。

あの日交わした約束の言葉が蘇る。

長かった。辛かった。

あの時は、今後どんな困難にあっても乗り越えていけると、そう思って疑わなかった。だが現実はそんなに易しいものではなかった。

沢山の堪え難い苦しい思いをした。夥《おびただ》しい悪意を目にした。人に触れるたび、身が忽《たちま》ち穢《けが》れてゆくような気がした。何もかも諦めて、自ら全てを投げ捨てようとした。それでも友人に助けてもらいながら必死に日々を紡ぎ、彼女と交わした約束を、あの日の記憶を幾千と繰り返し思い返すことで、何とか今日を迎えることができた。

今の僕はあの頃から変われただろうか。教えてくれた世界の美しさを、伝えられるほど強くなれただろうか。約束のために懸命に生きてきた僕を、彼女は褒めてくれるだろうか。

色んなものを失い、多くに傷ついた。そうして過ごした五年は、けれど幾つもの繋がりを得た五年でもあった。環境、心境、容姿も趣向も、変わったことは多くある。

だがあの夜輝いた透明な想いは、確かにあの頃と違わず胸の内にある。一度たりとて忘れはしなかった。美しい星々の広がる空の下交わした約束を、彼女の涙に濡れた笑顔を、胸に宿った想いの透明さを……。

二年前、悲しみに暮れ約束を破って会いに行こうと一度は決めた。だが約束を果たすため、痛みとともに堪え抜くと決めた。周囲は酷く呆れ返り、母は酷く怒った。僕自身、それが正解か、当時は分からなかった。いやきっと不正解なのだろう。それでも自分が良しとしたことを信じ、今日まで貫いてきた。そうして終焉《しゅうえん》を前にようやくと分かった。この道もまた正しい道筋だったのだと。

約束を交わした場所、展望台の階段の果てを暫《しば》し見つめる。

吸い込む空気は冷たく、喉を凍てつかせる。

重厚な雨雲が頭上にのさばり、篠突く雨が降り注ぐ。

あの場で得た輝きの光度に一切の衰退がないことに胸をなでおろす。

――何一つとして忘れていない。大丈夫。

そう気を宥めると展望台に背を向けた。

ずっと再会を望んでいた人の待つ場所へ向かうために。

対に並ぶブランコは動くことなく、ただでたらめにその身を濡らしていた。

ここに座って彼女と語らうのが好きだった。僕らしい会話を最後にしたのも、ここに座っていたときであった。この場が残っていて本当によかった。僕らが約束を果たすときまで在り続けてくれたことに、無上の喜びが込み上がる。

「……ありがとう」

公園から去る間際、けたたましい雨音の中、小さく「キィ」と鳴る音が聞こえたような気がした。昔よく耳にした、寂れた悲しみの音。それは知らず知らず心の内で求めて、脳が起こした勘違いだったかもしれない。それでもその音は確かに僕の胸に届いた。

階段を下りて彼女の下へと向かう。

外灯が薄く掛かる仄暗《ほのぐら》い夜道も、水を吸って重くなった足も、彼女が待つ場所へ向かうのになんら障害にはならなかった。歩が進むたびに、彼女との記憶が次々と脳裏を巡る。

放課後の図書室に見た、金色《こんじき》に煌《きら》めく姿。

柔らかな光の靄《もや》に包まれた笑顔。

僕に向けられた優しい温かな眼差し。

大切な人との、大切な日常の記憶に思いを馳せながら細く伸びる砂利道を突き進む。

心はどこまでも深く透明であった。

頭上を覆う木々のために、雨は幾らか弱まっていたが、そういえば捧げる花束を気遣ってなかったと思い見やれば、どうも酷く濡れてしまったようだ。花束はその美しい色も輪郭も失い、それを抱える左手首に光る美しい銀色も、すっかり水没してぼやけていた。

著者プロフィール

秋吉 賢宏（あきよし たかひろ）

埼玉県狭山市生まれ。東京都在住。

本作品が処女作とあって、文中に始まり、タイトル、著者名に至るまでほしいままに仕掛けを施すも、のべつ幕なしに思案した結果、本業と生活に支障が出る。

二作目はこれを反省し制作を始めるも、結局変わらず今に至る。

白い血溜り

2023年10月15日　初版第１刷発行

著　者　秋吉 賢宏
発行者　瓜谷 綱延
発行所　株式会社文芸社
〒160-0022　東京都新宿区新宿1－10－1
電話　03-5369-3060（代表）
03-5369-2299（販売）

印刷所　株式会社暁印刷

ISBN978-4-286-24632-1